INK INK INK INK INK
INK INK INK INK INK INK
INK INK INK INK INK
INK INK INK INK INK INK
INK INK INK INK INK
INK INK INK INK INK INK
INK INK INK INK INK
INK INK INK INK INK INK
INK INK INK INK INK
INK INK INK INK INK INK
INK INK INK INK INK
INK INK INK INK INK INK
INK INK INK INK INK
INK INK INK INK INK INK
INK INK INK INK INK
INK INK INK INK INK INK
INK INK INK INK INK
INK INK INK INK INK INK
INK INK INK INK INK
INK INK INK INK INK INK
INK INK INK INK INK
INK INK INK INK INK INK
INK INK INK INK INK
INK INK INK INK INK INK
INK INK INK INK INK

INK

①

符立中幫白先勇辦六十八歲生日宴，邀請申學庸與林懷民合影。這是白先勇數十年來唯一一次在台公開作壽，此照片已經成為明星咖啡屋地標。吳雅慧／攝影

②

2

1

3 梅蘭芳古裝扮像華麗，自齊如山為其新編《天女散花》之後特別喜愛扮演神話人物，此為其《洛神》電影海報。

45 《遊園驚夢》劇照。「四大名旦」中的梅蘭芳，被認為是有史以來最好的戲曲演員。圖為梅蘭芳和言慧珠（華文漪之師）的丰姿。

1 《傾城之戀》話劇版女主角羅蘭，主演《新紅樓夢》的王熙鳳是其生涯最高峰，後因下嫁導演岳楓（曾執導張愛玲的《情場如戰場》、《桃花運》等片）淡出影壇。

2 歐陽莎菲則飾《新紅樓夢》的薛寶釵，這是穿著新奇露胸旗袍的明星照。該片卡司強勁，時空移轉至現代，構思如同張愛玲的《摩登紅樓夢》。

③

洛神
主　演：梅兰芳
导　演：吴祖光
总摄影师：吴蔚云
美术设计：韩尚义
梅兰芳剧团乐队
洛　神——梅兰芳
曹子建——姜妙香
北京电影制片厂出品

3

4

5

3

1

2

5 章遏雲弟子、一代巨星李麗華，她主演的《楊貴妃》為第一部在坎城獲獎的華語電影。

6 程硯秋演出《荒山淚》海報

12 越劇《紅樓夢》劇照（徐玉蘭、王文娟）

3 1994年台灣召開「兩岸紅學研討會」時，作者(中)和專程來台的朱淡文(右)、孫遜教授在仿古典園林的南園合影，後立戴帽者為水晶。

4 名列「四大坤旦」之一的章遏雲，諧音近似《遊園驚夢》中虛構的張愛雲。章為來台坤伶輩分最高者，其《金鎖記》公認是程硯秋之後最佳。

4

荒山泪

主演 程硯秋　改編導演 吳祖光

新華電影製片廠出品　中國電影資料館收藏

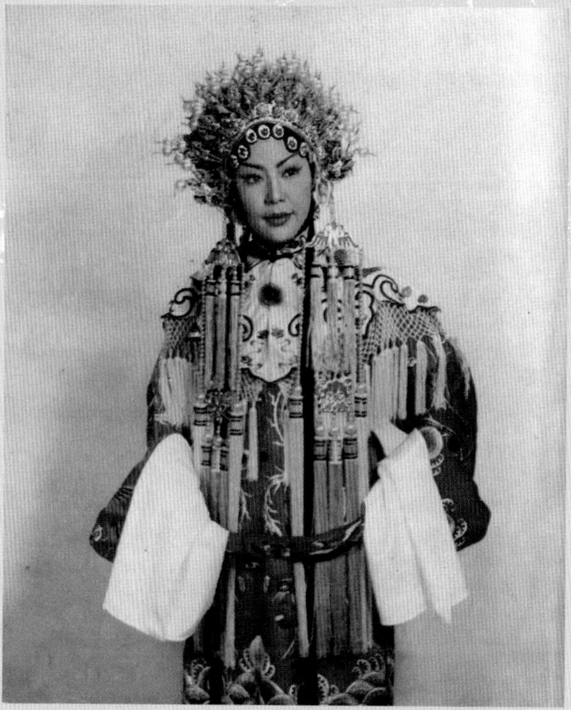

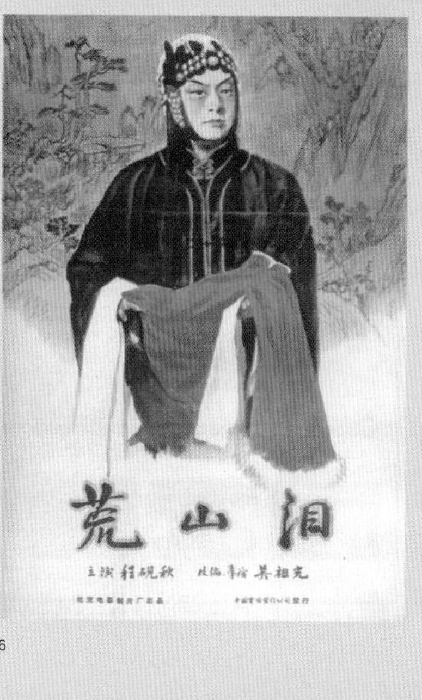

6

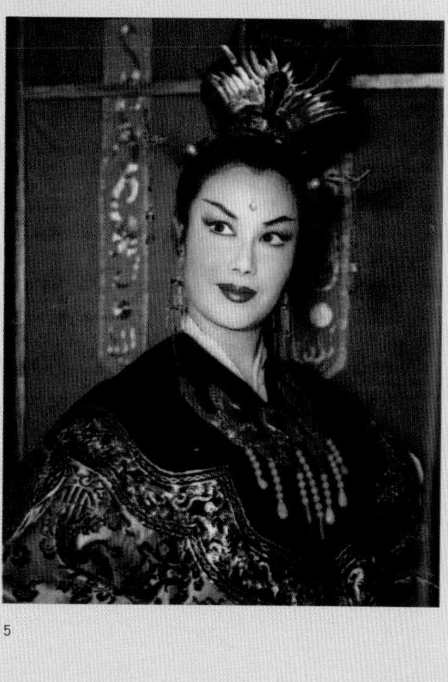

5

2

1

4 六人合照左起：白虹、銀嗓子姚莉、金嗓子周璇、女高音李香蘭、一代妖姬白光、白雪公主陳娟娟。

5 周璇

12 徐露分飾杜麗娘及春香。徐露多才多藝，是台灣最傑出的崑劇演員，一趕二的深厚功力為韓世昌之後僅見。

3 白光與李香蘭合照

5

3

4

1

2

56 穆時英《南北極》、《白金的女體塑像》封面。其文字運用近似爵士節奏，首開中國文學先河，描寫都會文明的繁華與墮落蒼涼帶給張愛玲極大的啟發。

78 施蟄存與《將軍底頭》封面。施蟄存和穆時英純熟運用佛洛伊德理論的技法影響張愛玲在〈心經〉、〈茉莉香片〉、〈傾城之戀〉等作品的心理塑造。（「舊香居」提供）

1 白光

2 白光（左一）與衣雪豔（右一）主演《珠光寶氣》合照（出自《用眼睛看的中國電影史》）。白先勇借用其名卻化衣為「尹」，顯現一代尤物「隱」約神祕的色彩。

34張愛玲：「時代的車轟轟地往前開，我們坐在車上，經過的也許不過是幾條熟悉的街衢，可是在漫天的火光中也自驚心動魄。就可惜我們只顧忙著在一瞥即逝的店鋪的櫥窗裡找尋我們自己的影子——我們只看見自己的臉，蒼白，藐小；我們的自私與空虛，我們恬不知恥的愚蠢——誰都像我們一樣，然而我們每個人都是孤獨的。」
火車代表文明的象徵，圖為開新感覺派之先的劉吶鷗的《都市風景線》封面，劉吶鷗並創辦《無軌列車》期刊。

⑨

6

5

3

7

8

4

3

2

1

6

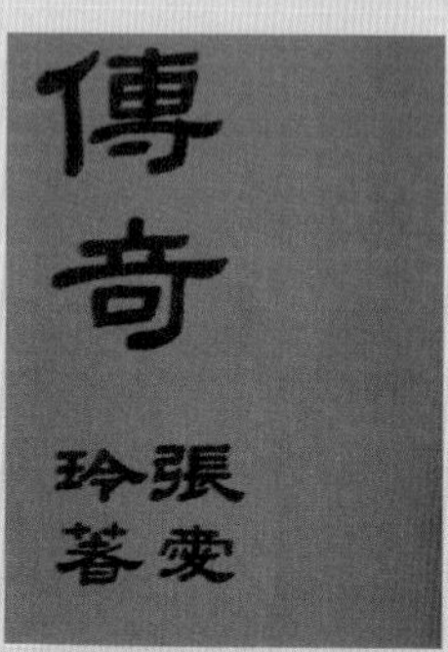

4

5

67張愛玲上海版《傳奇增訂本》及《流言》封面，封面的無臉之人充滿新感覺派摩登炫奇的色彩。（「舊香居」提供）

8海派文人柯靈原為中共地下黨員，敵偽時代曾與張愛玲相交甚厚，晚年卻出面批評《秧歌》與《赤地之戀》。

910原本打算串連農村、小鎮和上海大都會的《子夜》，因為茅盾的健康狀況不佳，最後僅以都市生活為主。該書寫上海交易所、綿紗場，及種種社會底層黑幕，預示時代即將產生鉅大翻轉，成為當年描寫上海的頭號寫實鉅作。圖為該書1976年英譯本，封面描繪上海灘頭，扉頁為茅盾相片及其著名的書法簽名。

1-5 當時上海刊登過張愛玲作品的《紫羅蘭》、《萬象》、《雜誌》、《苦竹》等數種雜誌封面；其中《紫羅蘭》係初試啼聲、《萬象》爆發稿酬醜聞、《苦竹》由胡蘭成主辦，但其中要以《雜誌》特別重要！經典之作如〈傾城之戀〉、〈金鎖記〉、〈茉莉香片〉、〈年青的時候〉、〈張愛玲李香蘭金雄白納涼會記〉、〈評張愛玲〉(胡蘭成作)等皆在此刊載。《雜誌》後來還發行張愛玲第一本書《傳奇》，四天即告再版（5），預示一位天才橫空出世。

8

7

10

9

2

1

34 吳江楓為當年杜月笙手下「五虎將」之一，為我方潛伏在敵偽文化界的愛國文人。吳江楓在《雜誌》社為張愛玲安排多次座談活動並加以記錄，圖為吳江楓之妹、超級女高音歐陽飛鶯。

5 歐陽飛鶯是勝利後中國力捧取代李香蘭的女高音，在〈香格里拉〉、〈花月之歌〉顯現酣暢淋漓的聲樂功力。歐陽飛鶯晚年和姚莉、靜婷、屈雲雲四人簽名合照（左起星馬歌后屈雲雲、銀嗓子姚莉、歌迷、女高音歐陽飛鶯、黃梅調歌后靜婷）。

1 李麗華與《亂世佳人》克拉克蓋伯合影。李主演的《海棠紅》是華語影壇第一部伊士曼七彩鉅片，她使香江延續上海「東方好萊塢」的風花雪月。

2 法蘭克藍電影海報。法蘭克藍翻唱〈玫瑰玫瑰我愛你〉使其聲勢水漲船高，歌而優則演。

⑬

4

3

5

2

1

4

3

7

6

5

8-19 張愛玲和秦羽、鄺文美（筆名方馨）、姚克在今日世界叢書（包括《老人與海》、《碧廬冤孽》、《愛默生文選》）最早版本全部譯作封面。其中《老人與海》和《奧亨利短篇小說選》起初係以筆名發表。張愛玲最喜歡《老人與海》，譯筆立即成為經典，從《秧歌》、《赤地之戀》轉換的筆調亦可看出受到海明威影響；最不喜歡的是奧·亨利——她曾說：「正如食物味道恰巧不合口味。」19圖為《秧歌》連載最後一章時版面及插圖。

1-4 「可愛又可悲的月呀！」張愛玲最喜歡看月亮，她在台最早四本書：《秧歌》、《張愛玲短篇小說集》、《流言》和《怨女》的月亮系列封面，由夏祖明設計。

「隔著玻璃窗望出去，影影綽綽的烏雲裡有個月亮，一搭黑，一搭白，像個戲劇化的猙獰的臉譜。一點，一點，月亮緩緩的從雲裡出來了，黑雲底下透過一線炯炯的光，是面具底下的眼睛。」

5-7 張愛玲在台灣成名後自行設計的《紅樓夢魘》、《張看》、《流言》三種封面，虛實交構，用色濃豔。（「舊香居」提供）

⑮

11

10

9

8

15

14

13

12

18

17

16

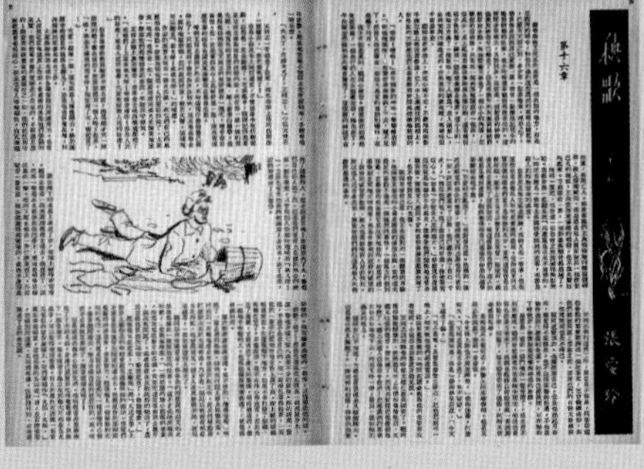

19

2

1

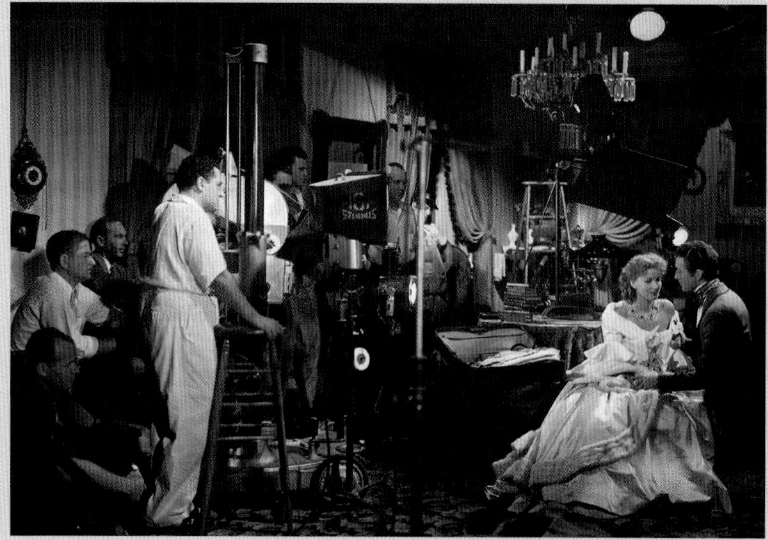

3

4-6 林黛（1934~1964）以演出沈從文筆下的翠翠起家。張愛玲為她改編《情場如戰場》，為自己的香江電影之路奠定良好基礎。

78 尤敏（1936~1996），張愛玲為尤敏量身打造的《小兒女》，是其香港時代成就最高的劇本。

1《不了情》男女主角劉瓊與陳燕燕

2 陳燕燕簽名照

3 張愛玲說：「我是名演員嘉寶的信徒，幾十年來她利用化妝和演技在紐約隱居，很少為人識破，因為一生信奉『我要單獨生活』的原則。記得一幅漫畫以青草地來譬喻嘉寶，上面寫明『私家重地，請勿踐踏』。」嘉寶自四十年代開始隱居，至其去世，共隱居了近五十年。圖為嘉寶最巔峰時代拍攝《茶花女》之場景：男主角為勞伯泰勒，導演為喬治庫克。

17

5

翠翠

4

情場如戰場
The Battle of Love

6

懋業公司榮譽出品
家庭倫理動人文藝巨片
小兒女
監製 鍾啓文
編劇 張愛玲
導演 王天林
Father Takes A Bride
尤敏 王引 雷震 王萊 鄧小宇 小佩佩 鄧小宙
聯合主演

8

7

3

2

1

5

4

45 李湄（1929~1994）主演的《人財兩得》充滿諷刺色彩。對於張愛玲的劇本，李湄曾表示：「以前讀張愛玲的小說，只知道她的文筆俏麗，現在讀了她的劇本，不由你深深佩服！原來她筆下的我，竟寫得如此生動而又十分可笑，每次我演戲的時候，攝影場上的任何工作人員，無有不捧腹大笑的。」

6-8《南北》系列海報

1 葉楓（1937~）堪稱在張愛玲手上發光發熱的明星，她曾主演張愛玲編劇的《桃花運》和《一曲難忘》。

23 葛蘭（1934~），張愛玲曾為待嫁娘葛蘭量身打造《六月新娘》，圖為該片海報。

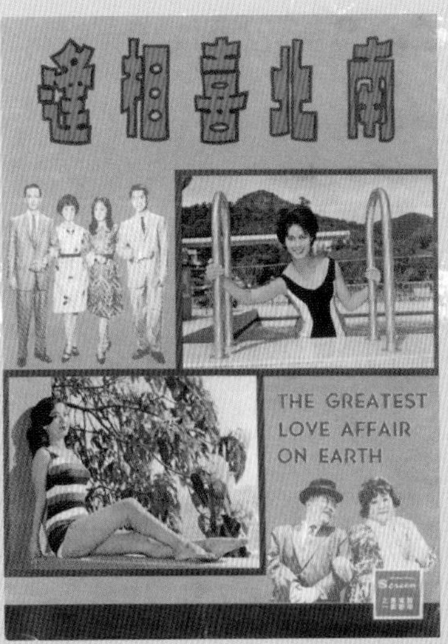
南北喜相逢
THE GREATEST
LOVE AFFAIR
ON EARTH

7

南北和
THE GREATEST
CIVIL WAR ON EARTH
監製 鍾啓文
製片 宋淇
導演 王天林

6

電懋影業公司繼「南北和」後・又一部國粵語交流無上喜劇巨片
監製 鍾啓文
製片 宋淇
原作 秦亦孚
編劇 張愛玲
導演 王天林
南北一家親
聯合主演
丁皓 白露明 雷震 張清 梁醒波 劉恩甲 王萊 吳家驤 馬笑英 金伯健
THE GREATEST WEDDING ON EARTH

8

1

4

3

2

5-8 長城三公主夏夢（1932-）（7）石慧（1935-）（5）陳思思（1937-2008）及鳳凰當家女星朱虹（6）的明星照片

12 尤敏和樂蒂（2）在《紅樓夢》、《梁山伯與祝英台》兩度掀起擂台戰，圖1為尤敏、李麗華版《梁祝》。

34 《桃花運》劇照與海報

6

5

8

7

1

3

4「一天夜裡，她夢見一位傑出中國作家取得極大的成就，」司馬新根據賴雅日記寫道：「相形之下，她覺得很丟人。第二天，她淚流滿面地向賴雅敘述這個夢。」第一部在西方暢銷的華人小說首推《生死戀》（A Many-Splendoured Thing），由極具政治爭議的韓素英（Han Suyin）所寫。該書1952年先在英國熱銷，而後搬上銀幕造成更大的轟動。圖為好萊塢影星珍妮佛瓊絲穿旗袍扮中國女子，和威廉荷頓共譜銀幕戀曲。

12 費雯麗和華倫比提《羅馬之春》的罕見簽名照，田納西威廉斯的《羅馬之春》、《欲望街車》和褚威格的《巫山盟》是白先勇最喜歡的文學電影。

3 華人作家第一位揚名北美的要數林語堂，他的《吾國吾民》(My Country and My People，1935)與《生活的藝術》(The Importance of Living，1937)創下銷售熱潮，也激起張愛玲有為者亦若是的壯志豪情，寫出〈中國人的宗教〉、〈洋人看京戲及其他〉、〈中國人的生活與服裝〉等《吾國吾民》風的作品。在美國揚名的第一本華文小說是老舍的《駱駝祥子》，英譯版以《洋車夫》(Rickshaw Boy，1946)為名。

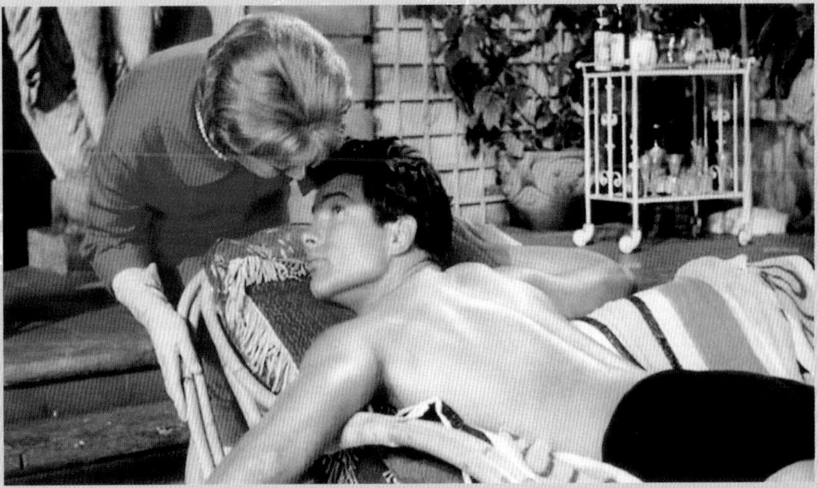

2

JENNIFER JONES - WILLIAM HOLDEN
L'AMORE È UNA COSA MERAVIGLIOSA

4

3

2

1

4

4 《廉樸紳士》由當年暴紅的海蒂拉瑪主演，搭配勞伯楊、查爾斯柯本、范海佛林等男星，陣容堅強。惟有「世界第一美人」之稱的海蒂拉瑪豔色太過驚人，扮新英格蘭的小家碧玉格格不入，但勞伯楊的演出榮獲當年全美影評人協會最佳男主角獎。圖為海蒂拉瑪在《霸王妖姬》（1949）當中的轟動演出，證明超過卅五歲的她仍有問鼎「第一美人」的本錢。

56 抗日烈士鄭蘋如登上《良友畫報》等封面照。

78 有別於金雄白《汪政權的開場與收場》，鄭蘋如在第一手資料《女記者回憶錄》和專訪台灣調查局的《中國情報人員工作實錄》有較不同的形象。

1 和韓素英同歲的黎錦揚C.Y.Lee推出《花鼓歌》，寫下華人小說在商業市場最輝煌的紀錄。圖為該書改編音樂劇登上《時代雜誌》封面，迄今仍為華人僅見。黎錦揚除了《花鼓歌》外，《中國奇譚》、《土司風情》亦在美國暢銷一時。

23「每個男人心目中都隱藏著一位永遠的娜雯！」馬寬德的暢銷名著《廉樸紳士》不單改編成電影（1941），更漂洋過海被張愛玲改寫成《半生緣》。馬寬德娓娓道來的舒緩語氣及刻畫「平凡好人」虛度半生的細膩筆法，帶給張愛玲諸多啟發，才有後來《赤地之戀》劉荃的感人描寫。

6

5

8

7

3

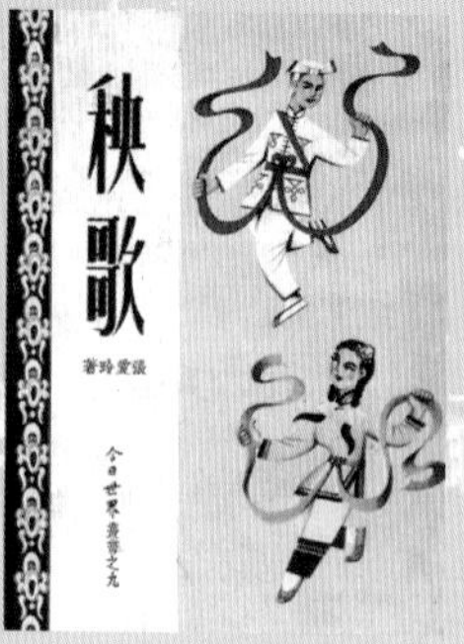

2

1

6

5

4

9-11 純文學版《蓮漪表妹》、《滾滾遼河》、《餘音》封面。出版人林海音自稱合為「抗戰四大小說」，惟影響力均較《藍與黑》略遜一籌。

《蓮漪表妹》潘人木著，長久以來備受推崇；連著名「張迷」朱西甯都曾寫道：「驚嘆作者的才華，與張愛玲相比，有過之而無不及……民國四十年代，文藝作家真可謂過江之鯽，但論作品的藝術價值，潘人木的三部中長篇小說，該居首位。」他又曾說：「潘人木的灼灼其華，即使是小說大家如張愛玲那樣的光芒，亦無以掩其璀燦。她的文章亦與張愛玲較近，但是以機智感應所隨手揮灑的詼諧與婉麗聯綴而成，包容竟在善惡之上，所以清冷安然。」該書選材與《青春之歌》近似，以東北流亡學生為主角，旁及殷汝耕等時代背景；潘人木雖不無過譽，但以狄更司般的傳奇手法，描述一則曲折離奇的故事，現今看來仍甚具吸引力。

《餘音》由徐鍾珮所作，徐為中國第一位女記者，文筆一清如水，內蘊寧靜致遠氛圍，才華之高，當年文壇眾所折服。《餘音》具自傳色彩，但小說感不若張愛玲突出，歷史地位較其散文為次。

《滾滾遼河》幾已等同自傳，描述東北偽滿洲國從事地下工作的種種故事。作者紀剛本業行醫，這本書以廿三個年頭寫成四十萬字，出版後暢銷一時。

12 《秧歌》自面世起就被喻為經典之作，數十年後評價卻落居非原創的《半生緣》之後。《秧歌》英文版封面，比中文版更加強調反共意圖。男耕女織的剪紙背後，血色的五芒星暗喻政治陰影。

34 黑暗中浮現火花般農民的臉。《赤地》主角是知識份子，封面卻強調中國土地的農民性格。《赤地之戀》天風版封面，以單一血色勾勒「紅色中國」的現況。

5 《赤地之戀》因編寫反蔣情節，在台首印反常地落到慧龍出版社。（以上由「舊香居」提供）

6 因為《太太萬歲》受到抨擊，《十八春》改以筆名梁京發表。（以上由「舊香居」提供）

78《藍與黑》初版封面及王藍字跡，該書充滿傳奇性的情節，融合了應未遲、張秀亞和作者本人的真實經歷，男主角張醒亞和張秀亞之兄名相仿彿，為著這番因緣，該書英譯本由張秀亞作序；但作者個人的英雄主義及通俗演義的色彩略為降低了全書的文學氣氛。該書在台灣暢銷近百萬本，是台灣最具代表性的反共抗日小說。

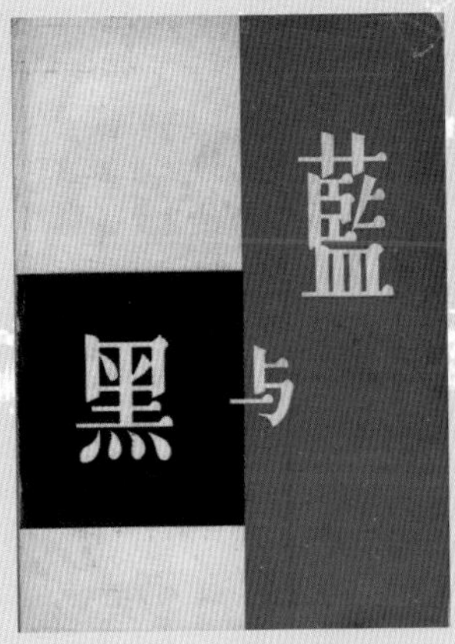

8

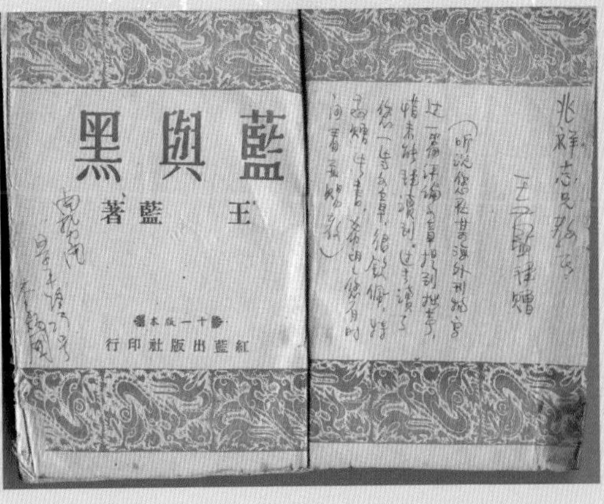

7

10

11

9

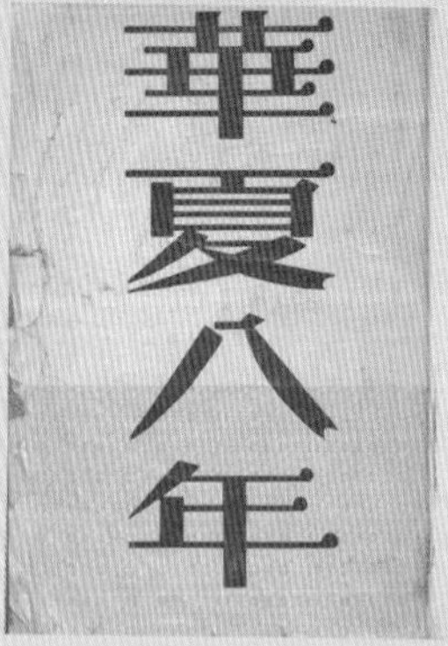

5

3

1

6

4

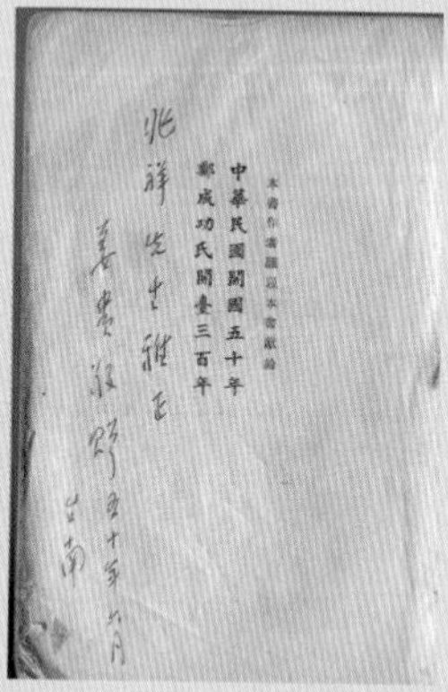

2

7-9 台灣早期鄉土作家吳濁流的字跡。其小說代表作為《亞細亞的孤兒》，描寫台灣人在日本殖民統治下有若孤兒的命運。該作名稱從《胡志明》到《胡太明》、《孤帆》一直改成《亞細亞的孤兒》，命運多舛。圖為該書中文第一版《孤帆》之封面，由楊召憩翻譯，民國48年6月高雄黃河出版社出版。

1011 《鵝媽媽出嫁》及《壓不扁的玫瑰花》封面。一生致力於社會運動的楊逵，入獄達十二次，其理想性格造就書中真實而略顯乾澀的文學色彩。

12 姜貴是唯一列名《中國現代小說史》的台灣小說家，圖為《重陽》初版封面及姜貴字。該書剖析共黨在上海崛起及「寧漢分裂」等歷史事件，功力雄渾，描寫人性黑暗的陰森深沉，無人能出其右。

34 《哈爾濱之霧》封面。梅濟民曾遭逢白色恐怖，以懷鄉獵奇的散文《北大荒風雲》出名後充滿反共色彩，造成遠比《滾滾遼河》更深遠的影響。該書以抒情筆法庖治北國風味，引發《一翦梅》、《北大荒風雲》等連續劇和流行曲的「中國古典情調」熱。

56 《華夏八年》與《赤地》。陳紀瀅和張愛玲文字因緣匪淺，《華夏八年》長達五十五萬字，為其反共抗日小說的代表作。1952年陳紀瀅開始創作《赤地》，歷時三年完成。這本卅萬字的小說描述北京自抗戰勝利至49年變動的故事，具有《紅樓夢》的影子（女主角陶蘋被稱為「反共版的王熙鳳」），是三部曲《綠島》、《沃野》中的第一部；但後兩部從未完成。

孤帆
吳濁流 著
楊召憩 譯

9

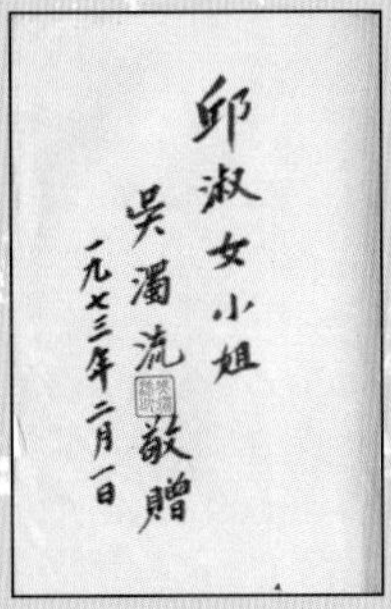
邱淑女小姐
吳濁流 敬贈
一九七三年二月一日

8

濁流詩草

7

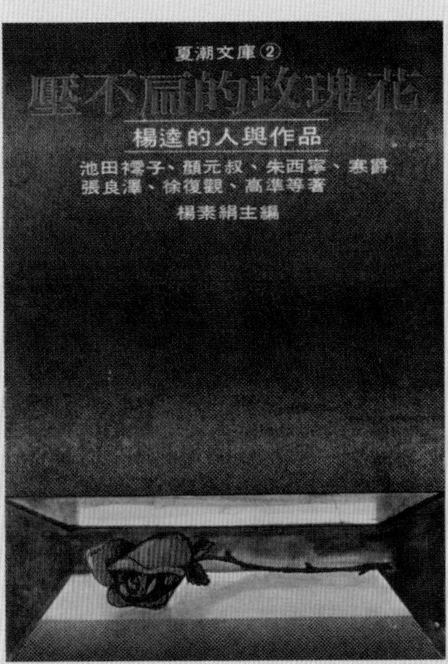
夏潮文庫②
壓不扁的玫瑰花
楊逵的人與作品
池田禮子、顏元叔、朱西甯、寒爵
張良澤、徐復觀、高準等著
楊素絹主編

11

香草山出版公司
鵝媽媽出嫁
楊逵著

10

2

1

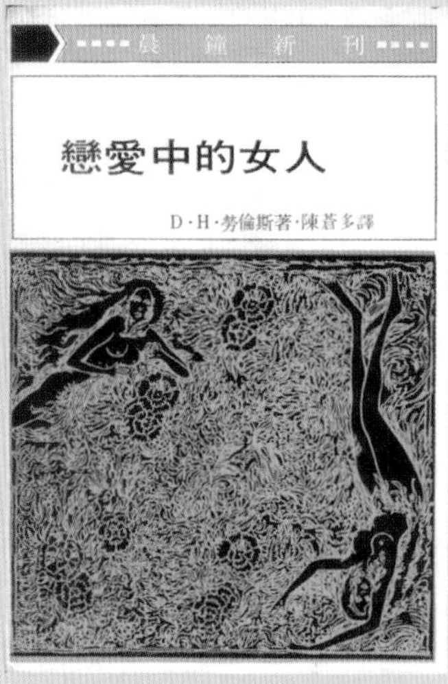

4

3

6 盧燕原本是白先勇屬意的《玉卿嫂》人選

7 盧燕扮杜麗娘，俞振飛飾柳夢梅劇照。

1-4 晨鐘出版社《臺北人》黑鳳凰、《臺北人》藍鳳凰、《都柏林人》、《戀愛中的女人》封面。

5 《最後的貴族》在電影海報上強調威尼斯外景及白先勇的原著魅力

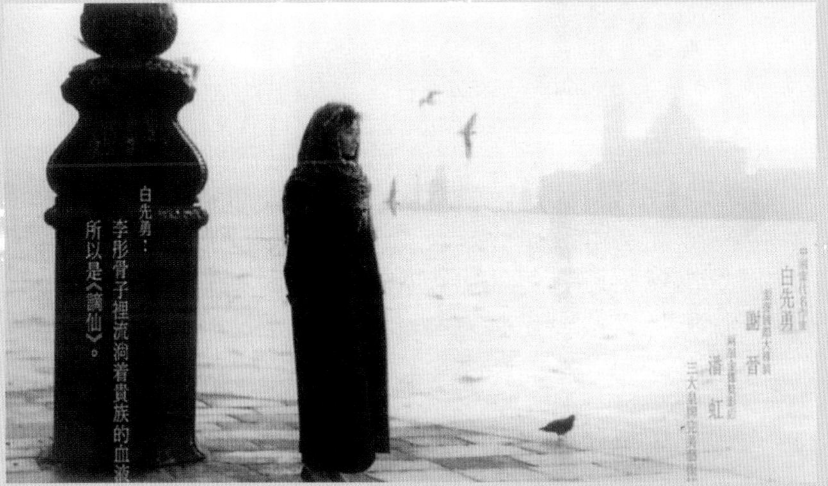
白先勇：
李彤骨子裡流淌着貴族的血液
所以是《謫仙》。
白先勇
謝晉
潘虹

5

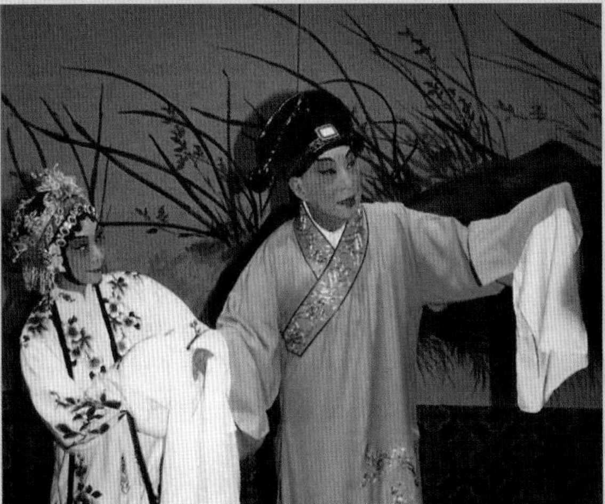

7

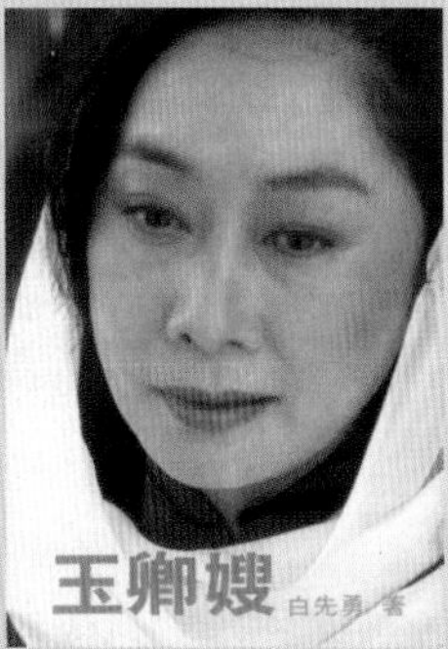
玉卿嫂
白先勇 著

6

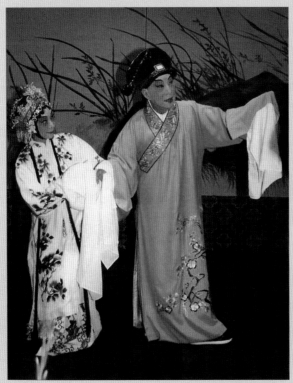

3

2

1

4

34 盧燕與劉德凱演出《遊園驚夢》意識流中錢夫人的冤孽（謝春德／攝）

1 《玉卿嫂》原版彩色海報因尺度太過遭禁，再版黑白海報楊惠姍穿上了衣服。

2 姚煒風流嫵媚的金大班扮像

INK
文學叢書
214

上海神話

張愛玲與白先勇圖鑑

符立中◎著

前言

以張愛玲與白先勇爲代表的「後海派文學」，堪稱華文文學史上最華麗的一章。本書預定呈現的架構，從他們的文學原鄉——《紅樓夢》開始，往上追溯到各自不同的心儀目標——《金瓶梅》和《牡丹亭》——再從而產生分界點、一路傳習繁衍的過程。其間從海派俗文學、都會文明、通俗文化、西風東漸再到新興娛樂如電影、爵士藝術化再對文學技法產生變革影響的過程，指涉多重，治絲益棼，構成教義炫學。

本書共四章，按照時間演進分爲：

紅樓夢——海派文字的原鄉

上海通俗文化及都會感官

新感覺派與左右共治電影時代

上海神話在台灣的傳承與復興

有別於慣常將前人論述歸納整理的作法，本書預備呈現大量考證，再試圖從考證中提出分析及創見，希冀能使文學的風貌更加清晰完整。尤其除了作者年少時的《紅樓夢》賞析及親身經歷的〈張愛玲與四個男人〉，其他十篇文章皆有開創性的角度及研究成果。其中尤以和白先勇先生對談的《牡丹亭》論述、白先勇筆下老上海的風塵身世、張愛玲編劇生涯的考證及總整理、金庸筆下人物探源及香港影壇左右分治剖析、張愛玲繼承新感覺派技法及從左轉右的分析最爲獨特，不單影響者眾，部分甚至已爲學院研究論文引用及討論對象。

在圖鑑的部分，較特殊處是提供張愛玲、白先勇圖書的老版本，及和當時台灣盛行的抗日長篇小說以爲對比。其中前者的部分指出他們小說膾炙人口的成因之一——天生對情境畫面及戲劇場景敏銳，以及美術的天賦；張愛玲多次親自設計著作封面，而白先勇不但曾經獲得繪畫冠軍，對於封面的要求也一絲不苟——光是《台北人》目前已經更換數十次（包括未上市即被白先勇打回票者），以及與董陽孜、顧福生的長期合作。至於台灣文學史籍這個部分由於下筆工程浩繁，且部分政治論點迄今無共識，因此目前僅能以圖鑑的方式編彙，並以純粹文學成就的角度提出扼要的簡介。由於「搶救史料」是和時間賽跑，作者雖生長於台灣、亟欲爲台灣文學盡一分心力，人力、物力囿限，目前也僅能以這樣的方式呈現，懇請讀者見諒。

感謝白先勇先生向印刻大力推薦本書。由於牽涉對己評價，白先生不便爲文作序；但他對我提意見時的開放態度，及討論時的胸襟確實讓人受益匪淺。

這本書作業期間相當漫長，希望編輯的辛勞，能眞正讓讀者感受到「開卷有益」；如若反應良好，作者將儘早推出和白先生一系列對談的結集。

輯一

紅樓夢

海派文字的原鄉

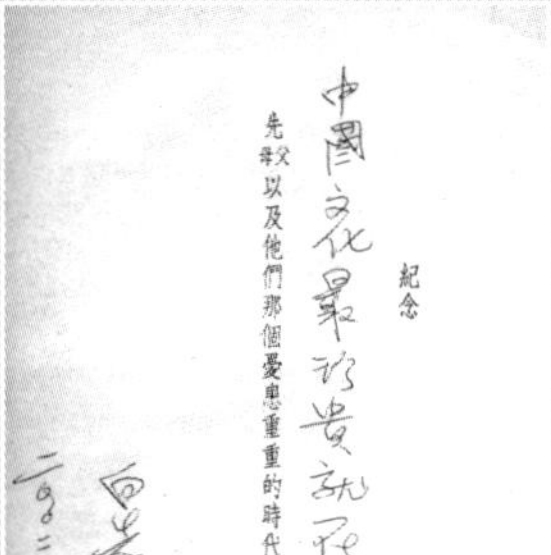

白先勇和白崇禧將軍合影，與白先勇提給作者的字

跨世代的青春追尋

第一部
牡丹與紅樓

白先勇・符立中

青春的豔跡

唐代，一個皇朝即將覆滅的晚春，感情蹉跎的女子在望盡別苑落花之後，靜靜地回想起自己的一生：當韶華的煙火僅殘剩一爐餘燼，往事如煙，坐對淒涼，於是她落寞地吐出警句：「勸君莫惜金縷衣，勸君惜取少年時，花開堪折直須折，莫待無花空折枝。」

那縷殘夢是如此的悠長，即使時空已然飛越了千百年，歲月仍舊這樣一逕流逝。時間流過曾經清明的臉，又流過無數憧憬的心；當朝霞映露，鮮花似景的辰光，我們揮霍著、雀躍著，以爲那璀璨就是一生一世；眼看多少紅顏化作死灰，我們又跌入各自懊悔的嘆息。當對青春的思念凝聚成不朽的召喚，於是我們有了《牡丹亭》。

那是一個春天的故事，但她的春天又疑幻疑眞的宛如夢裡，不是尋常那種充盈著鮮新、卻膚淺的天眞；杜麗娘死了，卻又活了過來，愛情雖死還眞，輪迴了好幾世，尋尋覓覓地追尋……這是一闋令人怦然心動的故事，充滿美麗與哀愁的傳奇。

超時空的亂世春夢

白：我想每個民族，總是有它的愛情神話；但世上的愛情故事雖多，那都只是寫實層面的「人間」情，眞正作到不朽、永恆、Eternal、一種人類最高的「情」上面的 Quest（追尋），惟有《牡丹亭》！

符：我想這似乎可歸結到您一貫的文學理念：感情是人類最高貴的情操，但它同時也兼具了最原始與最超脫的特質……

白：有時也是最可怕的！爲了那個會玉石俱焚、輾轉反側睡不著的，把自己給整得死去活來！我覺得，如果要給《牡丹亭》一個定位，可能是中國抒情文學傳統——從《詩經》、《楚辭》一以貫之——的巔峰。杜麗娘的心事，最後雖然得到圓滿的結局，但那股奮不顧身的赤精厲忱，本身就有一種淒豔的悲壯。

符：所以您覺得，「愛情」是引發文學靈感、也是文學創始的原動力？

白：那當然很重要！不是唯一但非常重要！當然愛情有很多很多層次：像《詩經》是屬於人間世，到了《楚辭》，當中的湘君、山鬼都是神話的東西；我要強調的是：中國的戲曲發展得非常晚，直到元代才趨成熟。當時的代表作就是《西廂記》——基於欲念的相吸、感情的癡愛，奮不顧身地衝破禮教——最典型的男女故事！但《牡丹亭》屬於另一層開天闢地的層次；從最強烈的追尋轉而昇華，到了一種神話、Transcendent（超越的）境界。所以我覺得不論是戲曲也好，抑或在文學也好，《牡丹亭》佔有一種Legend（傳奇）的地位。湯顯祖寫盡了情至、情深、情眞；當然這和那時的因緣際會也有很大的關係：晚明社會面臨一股大解放，壓抑人性的宋明理學到那時已經僵化，存天理、去人欲的這種標準根本是達不到的，走到極端反而激發出人的眞情，尤其是愛情。試想多少宗教、多少社會禮俗、法律、教育幾千年來都視作洪水猛獸般的壓抑愛情，偏生就壓不住，因爲這就是最原始的人性。像杜麗娘死了不甘心，從冥府一直鬧到皇帝跟前，終成如花美眷，因此我一直有個信念：文學寫的就是人性人情，最原始的Passion（熱情）。

衾冷裘寒空獨眠　攬鏡自憐幽夢影

符：您認爲杜麗娘這種「衾冷裘寒空獨眠，攬鏡自憐幽夢影」的境界，是怎樣啓發了《紅樓夢》，又影響到您？像第五回的太虛幻境，那些繡閣煙霞的場面，很明顯脫胎於杜麗娘魂遊堆花的場景。

白：杜麗娘這種「一往而深」的執著，所給予《紅樓夢》的靈感，我覺得主要不在林黛玉而是寶玉。湯顯祖所說的「天下有情人」，不就是警幻仙姑口中的「天下古今第一淫人」？湯顯祖的《臨川四夢》寫到後來，非得歸結到佛教的境界不可，這和賈寶玉最後出家的結局殊無二致①。我想這種成道、悟道和情的追求是一體的兩元。杜麗娘的愛情歷經了三層境界，上窮碧落下黃泉，她那個夢境，就等同於《紅樓夢》中的太虛幻境，超越了空間，也超越了時間（Timeless）；愛情最高的境界戰勝了人間的桎梏，最後贏得勝利，因此這本書對愛情是毫無條件的歌頌！但是別忘了，在鮮花著錦的愛情下，「原來奼紫嫣紅開遍」接著「似這般都付與斷井頹垣」、「良辰美景」緊接「奈何天」、「如花美眷」下面就是「似水流年」……他也知道：繁華易落，所以對瞬間的美有一種無限的惜別。這也正是爲什麼在《牡丹亭》後他又寫了《南柯記》（南柯一夢的故事）與《邯鄲記》（黃粱夢的故事，史湘雲的別號「枕霞舊友」就有枕中繁華皆是夢之意），這種人生就像夢一場的惋惜，給予《紅樓夢》很大的影響。

符：說到人生如夢的喟嘆，我想您將《遊園驚夢》轉化成文明與韶華衰微的身影，已經是現代文學史上不朽的風景；當藍田玉款款來到讀者跟前，那樣的淒迷、那般遮掩不住的憂悒，使得讀者霎時經歷一場蒼涼人世的體悟；可是我在這邊也要替另外一輩來發聲：《牡丹亭》中的愛情、繁華是這樣典麗，可是有很多人是不相信這種美的！別說我的同儕，您在《台北人》中讚嘆的凋零，在張愛玲的筆下可都是封建餘孽！您覺得對一些不相信「美」的人，《牡丹亭》可以有什麼樣的啓示？

天意憐幽獨　離合皆緣定

白：當然你可以不同意這樣的人生觀！也許你今天癡心得要命，卻被一個負心漢摔掉了，從此對愛情完全幻滅；但每個人的內心深處，哪個不希望有段天長地久的愛情！也許現在社會這種感情已經比較罕見，但心裡面每個人都要那個東西。我要強調杜麗娘這種愛情不是一廂情願，在柳夢梅夢中也有這麼一個美人，所以才引導他前往梅花觀。因此這次我們劇本的重心，就是放在「雙遊園」、「雙尋夢」，劇本的結構是對稱的，他們的愛情是心心相映。《遊園》那個園子，也許就是「大觀園」的靈感來源，它象徵心裡的投射，也是自然之美、天人合一的縮影。爲什麼賈寶玉只有在大觀園內才感覺愉悅？他那些表姊妹在某種程度就等同於「堆花」中的那些花神一樣！②

符：這種「天上人間」的愛情神話讓我想起《長恨歌》，楊玉環從人間的貴妃羽化成海上仙山的太眞仙子，但唐明皇仍在人間，因此天上人間兩不得見。令人覺得有趣的是《長恨歌》給予《牡丹亭》養分，《牡丹亭》導引出洪昇的《長生殿》，而洪昇住在曹府期間啓發了曹雪芹，曹雪芹又寫出了向祖師爺致敬的《紅樓夢》③。從《紅樓夢》再到您，就像一連串的解連環，這些散漫在時間長河的座標，仔細一看，中間都連綴著迤邐的天虹哩！

紅樓夢與張愛玲

白：《長生殿》和《紅樓夢》的關係當然無庸置疑，書中不就一再影射薛寶釵像楊貴妃，還惹得她動怒：我可沒有一個好兄弟像楊國忠的！我想寶釵和黛玉是相對的，她代表一個人間的、世故的吸引力。而寶玉對黛玉一逕是純情的，根本就是一對「神話戀人」，一個神瑛侍者、一個絳珠仙草，本來就不可能結婚生子。這方面，倒和《牡丹亭》中靈肉合一的愛情不大相同；就是因著這種衝突找不到出路，因此只好皈依於佛。

符：歸結到佛道這種遁世的思想，這大概是您和張愛玲最大的不同：雖則您倆的文學技巧皆從《紅樓夢》出發，但在理念上卻走向背道而馳的路……

白：可以這麼說吧！可能我對人的感情——不光是愛情，保有一種Sympathetic（同情）的態度；所以我對去寫戲弄、嘲笑別人感情的文章，不太感興趣。我想張愛玲對人生是看得很透的；可能現實生活中台灣有很多「張愛玲」也說不定！她看到人生很黑暗、很陰森，爲了生存，可以一點尊嚴都沒有。她生長在很困難的時代，人要維持尊嚴很不容易，所以她可能習慣寫這些東西。

符：說到張愛玲，我想她和您都是運用聯覺（Synesthesia）意象的佼佼者，像《紅樓夢》中薛姨媽住在諧音「梨園」的梨香院，不是沒有道理的④。在《牡丹亭》中石道姑姓石，也暗示著生理的缺陷。

白：石道姑就是個石女嘛！但這男女之間的缺陷，反倒使她超脫昇華，變得像個土地婆，來成就柳夢梅的生死姻緣。她的Function（功用），就像Fairy mother（神仙教母）一樣，來搭救受苦受難的小情侶，很有意思。她的出現，對於全劇的Sentimentalism（感傷），也有平衡的作用。

符：這種人物技法的平衡、穿插，似乎也出現在余參軍長這個角色的設計上：那些燈火通明的夜晚，華美筵席開也開不盡的背後，卻隱伏著新亭對泣的悲哀；這種憂國的愁緒似乎在您身上籠罩不去，輝澤綿延地交織出這篇作品。

白：說來奇妙，我第一次看崑曲，就是因為抗戰勝利。抗戰時梅蘭芳蓄鬚明志，抗拒日人邀約，整整八年不曾演出。結果一勝利，梅蘭芳立刻和俞振飛在上海美琪戲院盛大公演《遊園驚夢》⑤，一張票叫價到五根金條，那首〈皀羅袍〉，也從此成為盤旋不去的心曲。一九六六年我在柏克萊圖書館找到一本梅蘭芳的傳記，一讀之下，就像林黛玉聽到「則為你如花美眷，似水流年」——那些小時候的記憶霎時全都湧上心頭！那時為了寫〈遊園驚夢〉，「女王」（唱片品牌）的盜版橘色唱片聽都聽得磨穿了！

符：梅蘭芳是那時的「伶界大王」，他把整個社會最富庶的資源、最具有眼光的人才投注到演出裡，使得那時候「傳」字輩的崑班藝人難以望其項背。我覺得同理可以彰顯出您這次下海製作的意義：崑曲現在反過頭來吸收了梅蘭芳、程硯秋積沉數十年來中華文化最精髓的功力和創造，又獲得像您這樣品味的文化錘鍊，成為精益求精的藝術精品。具備最高文化素養的社會菁英搭配最具傳統功底的伶人如張繼青等人，術業各有專攻，使得美感的淬鍊可以隨著時代的脈動，不斷創造高峰。

白：張繼青的唱功，咬字之深沉、台風之穩健，使得她的〈離魂〉、〈尋夢〉已經臻入化境。這次請得她和汪世瑜出馬教授，我讓徒弟磕頭拜師的，希望老師傅的造詣能夠生生不息的傳承下去。〈尋夢〉到了滿清末年只有全福班的錢寶卿能演，姚傳薌在著名學者張宗祥的資助下習得這齣獨門戲，又傳給了張繼青，奠定了張繼青的地位。現在張繼青六十多歲了，這部戲一定得傳下去，我可是費盡唇舌，才說服她和浙崑的汪世瑜，點頭授藝。這次演出的沈豐英和俞玖林，正值青春爛漫的時光，他們能匯集古色古香的典雅，又能兼具綺年的魅力，相信一定能使這齣戲展現出前所未有的層次。

符：聽您這麼說，屆時一定是連台好戲！我想作爲觀眾現在只有一句話——那就是「屏息以待」了！

注釋

① 關於寶玉出家，白先勇有一番精闢的解釋：他認爲柳湘蓮和蔣玉涵代表寶玉兩個極端的縮影，柳湘蓮爲了尤三姐出家，就是寶玉出家的 Prelude（前奏）。一般人論林黛玉，大概都會注意到晴雯、齡官像她，甚至五兒；但白先生慧眼獨具地提出尤三姐，進而推論柳湘蓮和寶玉的關係來！這個證據出自興兒對紅樓兩尤介紹榮國府情況時談到林黛玉說「面龐身段和三姨不差什麼」——三姨即爲尤三姐！

② 林黛玉的生日是二月十二日，也就是花朝——這暗示了她花神的身分，就如同《牡丹亭》中「堆花」場面花神簇擁一樣。

③ 洪昇因在國喪期間上演《長生殿》而獲罪。離開京城之後，應江寧織造曹寅（曹雪芹的祖父）之邀到曹府作客。曹寅除將自己編撰的《太平樂事》請洪昇品評，並命家班（可能就是日後被寫成芳官、齡官的那批人）上演三天三夜的《長生殿》。

④薛姨媽平素慈眉善目，其實善於作戲。五十七回「慧紫鵑情辭試寶玉　慈姨媽愛語慰癡顰」。寶玉因紫鵑一句黛玉即將回鄉的話而發瘋，鬧了個天翻地覆，黛玉聽聞「將腹中之藥一概嗆出，抖腸搜肺、熾胃扇肝」，一時「目腫筋浮，喘的抬不起頭來」。好容易雙雙平復下來，薛家母女卻一前一後至瀟湘館探視黛玉。薛姨媽開口就是「千里姻緣一線牽……憑你年年在一處的，以爲是定了的親事，若月下老人不用紅線拴著，再不能到一處。比如你姊妹兩個的婚姻，此刻也不知在眼前，也不知在山南海北呢。」接著寶釵補上「媽明兒和老太太求了他作媳婦（嫁給渾人兼殺人犯薛蟠），豈不比外頭尋的好？」薛姨媽又「明示」史太君原要把薛寶琴許配給寶玉，接著「自告奮勇」要替黛玉作媒，待黛玉侍女紫鵑信以爲眞跑過來催，又打哈哈地岔開。對於這一連串的「不寫之寫」，白先勇只有一句：「寫得好寫得好！」

⑤抗戰期間，具有國際聲望的梅蘭芳、程硯秋等人爲了抵拒日人約演、製造「東亞共榮」假象，因此紛紛退出舞台。梅蘭芳蓄鬚明志，不肯上台，連嗓子都不吊，因此不單文武場留在北方，連調門都轉低。抗戰一勝利，梅蘭芳爲慶祝國恩家慶，立刻剃鬚復出，在無文武場下登台演出崑曲《費貞娥刺虎》。稍後又和俞振飛合作，一連演出《遊園驚夢》、《刺虎》、《斷橋》、《思凡》及《奇雙會》五齣崑劇。崑劇名伶朱傳茗原擅杜麗娘，卻在《遊園驚夢》與梅搭配演春香。

第二部

遊園驚夢的前世今生——兼牡丹亭由來考

牡丹亭的難解之謎

是否眞有這麼一座亭子叫「牡丹」？〈尋夢〉中張繼青悽悽切切地唱著：「昨日之夢，池亭儼然」，午夜幽光冷冷地曳航，滴落晶瑩的珠淚；但「尋來尋去，都不見了。牡丹亭，芍藥闌，怎生這般淒涼冷落，杳無人跡？」這大概就是全劇五十五齣、少數出現的線索了。但一來：夢中之境並不存在，待她爲情而死，再由死至生，故事已經兜往另一處風景；再者——若夢境中眞有座「牡丹亭」，豈非連「芍藥闌」也作得數？

牡丹亭就算在戲中亦只能沉於夢裡，正如同不朽的青春，甚至隨之萌發的完美愛情。但是這麼一折根本不存在的神話，卻引領無數攀鑿附會的出現，不僅劇情述說的背景南安、淮揚一帶，南至廣東，此劇一出，無數人家都宣稱自己後花園的亭子就是「牡丹亭」！連《紅樓夢》中，禮教森嚴的閨閣薛寶琴據以作詩，寶釵造作應了一句「我們也不太懂」，都引起最應注重名節的寡嫂李紈教訓道：「凡說書唱戲，甚至於求的籤上都有注批，老小男女，俗語口說，人人皆知皆說的。」韶光的戀歌縱使難以停駐，古往今來仍引領著無數憧憬，那種明知落空、卻仍精誠貫注的亟盼，也許就像是一場人生注定的悲願吧！人同此心心同此理，難怪連李紈都覺得可以不用避諱了。

瓊樓夢宇結三豔

當然也有一些傳奇是眞人實事，如今展卷，幽杳冤咽直透字裡行間，就在斑斑史冊裡向你凝視：與湯顯祖同時的女子俞二娘，深爲杜麗娘所感，於是將自己離合悲歡的哀怨用朱砂批注在劇本上，正待另抄一份捎給湯顯祖，卻已憂憤身亡，得年不過十七。湯顯祖得知後寫了一首悼辭：「畫燭搖金閣，眞珠泣繡窗，如何傷此曲，偏只在婁江。」

另一女子金鳳鈿，讀完《牡丹亭》後，從揚州修書寄予湯顯祖，除細數自己婚姻不幸，並願委身以報其情。待湯顯祖接到信後趕至揚州，金女卻已抑鬱以終。湯顯祖深爲惋惜，還出資爲其修葺陵墓。

還有崇禎年間的杭州女伶商小玲，以色藝稱，可惜紅顏不幸，每次演到〈尋夢〉，莫不身臨其境，潸然下淚。一日唱到：「待打開香魂一片，陽雨梅天，守得個梅根相見」，感天動地，歌聲戛然而止，待飾演春香的演員上台一看，竟已氣絕……

夢中夢　奇中奇

歷盡波難的愛情最最使人喟嘆，因為完美的愛情在現實中根本難以存在；《牡丹亭》之所以不朽，不在於劇中之愛歷盡滄桑或是留下難補情天遺恨等缺憾，而是切中愛情「似夢還眞」的本質。因為捉摸不定，在雲蒸霞蔚的春天，在煙花似景的林園，所以美到魂飛天外，所以動人。

在《牡丹亭》之前，中國文學並沒有這種愛情。《長恨歌》的情之所以源遠流長，在於太眞雖然並未魂飛魄散消然於物外，但是已無可能與玄宗相見，因此「在天願作比翼鳥，在地願作連理枝」的憧憬只是虛幻。如果死了還魂、還來個大團圓怎麼辦？宋代郭篆的《睽車志》展現出這種可能：有位書生寄居佛寺，每晚總有一女前來與他相會，這樣往來了一個多月，此女才自吐身世：原來她本姓馬，小名絢娘，死去已近一年。只要天黑後到佛寺開棺掘墳，喚她幾聲，她就可以死而復甦。這個故事現今被視作杜麗娘還魂前身，但兩者的情節固然十分相似，其文采之欠缺顯而易見；由此可見湯顯祖之不朽，在於辭藻技法之美、在於文學史上其他源源不絕的血脈灌輸，給杜麗娘吹進燃燒般的生命；而截至目前爲止，這部分的研究仍舊有如烏雲暴雨，在午夜夢迴的黑海上，晦暗難清。

牡丹幽夢葬詩魂

如要評斷現有的華文文學史，對《紅樓夢》的評析可謂汗牛充棟，而建構《紅樓》對白先勇和張愛玲等人的影響，也已然確立；但對造就《紅樓夢》最力的《牡丹亭》，感覺就未免寂寞了些。不重源流分析、亦不懂得從歷史中去找答案的這種風氣已把當前的文學風尚給逼進了死胡同（舉個例——從《紅樓夢》到張愛玲，再從張愛玲到鍾曉陽者流，我們可以很清楚的看到風格越走越窄）。因此筆者試圖對這一系列以《牡丹亭》爲傳承中心的文學族譜作個簡略的整理，希望能拋磚引玉。

秦與洧，瀏其清矣！士與女，方秉蕳兮！女曰：「觀乎？」士曰：「既且！」「且往觀乎？洧之外，洵訏且樂！」維士與女，伊其相謔，贈之以芍藥！

追溯文學史上的牡丹詩句，這首出於《詩經．鄭風》的〈秦洧〉，恐怕算得上是「最早」的詩句。牡丹，又有木芍藥之稱，考量花季時節，可知此處芍藥係指牡丹。當春天來臨，女子偕男子出遊，男子便餽贈牡丹，以爲愛情的象徵。這首詩對《牡丹亭》的影響在於女子對愛情的主動探詢，而終得到兩情相悅的回應。曲中「思無邪」的清純，亦是塑造杜麗娘性格的重要憑藉。

唐代以牡丹爲國花，又是詩文盛世，因此吟詠牡丹者不勝枚舉。筆者認定對湯顯祖產生影響的詩句列舉如下，牡丹之美，以及其所代表的文學寓意，有心人大可心神領會：

名花傾國兩相歡，長得君王帶笑看，解釋春風無限恨，沉香亭北倚闌干

——李白〈清平調〉

千片赤英霞爛爛，百枝絳豔燈煌煌。
映葉多情隱羞面，臥叢無力含醉妝。低嬌笑容疑掩口，凝思怨人如斷腸。
戲蝶雙舞看人久，殘鶯一聲春日長。共愁日照芳難駐，仍張帷幕垂陰涼。

——白居易〈牡丹芳〉

似共東風別有因，絳羅高卷不勝春。若教解語應傾國，任是無情也動人。

這首詩因對《紅樓夢》產生決定性的影響，爲方便計，並彰顯對比，故在此一併列出。

垂手亂翻雕玉佩，折腰爭舞鬱金裙。

——羅隱〈牡丹花〉

葉薄風才倚，枝輕霧不勝。

——李商隱〈牡丹〉

浪笑榴花不及春，先期零落更愁人

——李商隱〈僧院牡丹〉

勸君莫惜金縷衣，勸君惜取少年時，花開堪折直須折，莫待無花空折枝

——李商隱〈回中牡丹爲雨所敗〉

——杜秋娘〈金縷衣〉

晏陰天氣養花時，庭下牡丹開數枝，政與春光增嫵媚，莫教風雨便離枝

——趙子昂〈牡丹〉

在湯顯祖的筆下，牡丹是「美」而「有情」（對比羅隱的「任是無情也動人」）的象徵，當粉嫩的花瓣乍然綻放，迎風招展，露華滴盈，正如同柔嫩而嬌豔的青春；至於《牡丹亭》的靈感由來，筆者個人認爲應與李白那首〈清平調〉有關。唐開元時宮中初種牡丹，贏得玄宗的喜愛，因此下令將牡丹移植到「興慶池」東的「沉香亭」前，梨園歌樂，楊妃隨侍，當然隨後就發生了李白折辱高力士、要他脫靴的公案。因此那首「一枝紅豔露

凝香」、藉花比人的〈清平調〉，雖然全首不見「牡丹」二字，卻成爲文學史上吟詠牡丹最出名的絕唱。這座承載著牡丹極豔的「沉香亭」所展現的，是繁華的剎那，整個中華文化姙紫嫣紅的頂點——安史之亂之前的長安，是第一大都會，整個世界的中心；而這座沉香亭前，有風神玉骨的牡丹；有韶華盛極之美的貴妃；有中國戲曲的起點——梨園；當然，還有中國文學史上的詩仙——李白。這麼一個結合文學、戲曲及華美的盛筵，對比後來安史戰亂、楊妃魂斷馬嵬，更顯得春夢了無痕，讓人興起了歷史興衰的感慨。而從繁華↓衰微，這其中又解析出時間的對比，自然讓人聯想到吟詠時間最有名的詩句：「花開堪折直須折，莫待無花空折枝。」

吟詠「金縷衣」的杜秋娘，原名杜秋，這個添加的「娘」字不無暗示其所從事的職業之意。當她歷經滄桑回首離情，不勝依依，引得大詩人杜牧爲她寫下了「杜秋娘」。當然對文字的聯覺，會讓我們對這個「秋」字產生韶光不再的感嘆，使得「秋」娘令人聯想到「徐」娘。

如果杜秋娘提早知曉了時光的奧祕會怎麼樣？如果楊貴妃終得從「虛無縹緲間」回魂了又如何？所以我們終於有了一位從文學史上蹦出來的妙齡佳麗——杜麗娘，爲情而死了還不夠，又要精衛塡海的活過來！中國戲曲至此從唐詩中汲取了文采和深度，到了《紅樓夢》，又從《牡丹亭》中師法了「愛情神話」，使中國小說卸卻了《三國》以及《金瓶梅》的現世，使我們從此有了張愛玲和白先勇，又從他倆繁衍出愛情小說子子孫孫的風景。這座華文文學史上崩坍的半壁江山，正是之前紅學研究不足之所在，也正由於這層血脈隱陷不彰，即使慧眼如張愛玲，亦摒卻了這層影響——當然如若受到這層影響是否還有個她，則是另一個問題——還好我們有了白先勇，這也正是他之所以迥異於張愛玲，最關鍵的所在。

當然，《牡丹亭》長成如今這般成色，除了上述那些牡丹詩句的嫡傳血源，還匯集了文學史上諸多名家的滋養，歷來吟詠牡丹最多的李商隱，藉由浪漫隱僻的辭藻鋪陳出禁忌之愛（與道觀及宮中女官之戀），他筆下的「牡丹」，充滿了歷盡磨難的風華與追憶。也許，並非考證專家的白先勇，並未眞正意識到這點；但筆者相信超乎尋常的聯覺（Synesthesia）天分，使他對品味相近、同樣充滿繁複意象的李商隱擁有天性的愛好。李商隱最膾炙人口的〈錦瑟〉，訴說著禁忌和無望的愛情，當白先勇寫下「藍田玉」三個字，寓涵著「此情可待成追憶，只是當時已惘然」的惆悵，也有往日觸犯倫常的隱痛，這些文本相互映照對比出繁花競豔的熠熠層次，其中的所傳所承，儼然搭建起銀漢遙遞的鵲橋，在中國文學史上的星河，閃閃發光。

雖則在小說源流的歸類上，白派和張派夾雜已久，難以釐分；但正如同《牡丹亭》所扮演的角色，小說版的《遊園驚夢》同樣也已經成爲藝文創作史上的血脈和傳說。一直相當心儀白先勇的香港導演楊凡，拍完《遊園驚夢》之後又攝製了崑曲紀錄片《鳳冠情事》；在此之前陳國富的《我的美麗與哀愁》，張曉風的《四夢》——一棵拔腹而起的松樹、書・墜樓人、待理、我要去放風箏，亦可視作創作上的啓發。至於小說所牽連到傳說佚事，章遏雲、顧正秋、華文漪這些名伶眾說紛紜纏捲不清的私語，或穿鑿附會、或啓迪揮發，使這篇小說注定成爲一盞文學迴廊的明燈。

二〇〇四年四月《聯合文學》

秦淮風月憶繁華

談紅樓夢中的綺羅冷豔

撇開文學史上的價值不談，《紅樓夢》也足堪作爲封建末世的百科全書。它裡面對盛宴華席不絕於縷的細膩描繪，簡直將中國古典小說中的自然主義推至頂峰！此外，它在生活美感上層出不窮的鑑賞與創造，也使得它得以和《源氏物語》並立於歷史洪流之上，成爲貴族生活美學極致的紀實之作。

但是，很明顯的，作者的意欲絕不僅僅囿限於此；因爲他在第一章回即借甄士隱之口開宗明義：「陋室空堂，當年笏滿床；衰草枯腸，曾爲歌舞場。蛛絲兒結滿雕梁，綠紗今又糊在蓬窗上；說什麼脂正濃、粉正香，如何兩鬢又成霜？昨日黃土瀧頭送白骨，今宵紅燈帳底臥鴛鴦。金滿箱、銀滿箱，展眼乞丐人皆謗。」而青埂峰下的頑石，最終也必將魂兮歸來。事實上，《紅樓夢》一書正是藉由補天遺石流落紅塵、下凡應劫的經歷帶出一系列的「閨閣昭傳」，並用以闡明其「月盈則虧」、「四大皆空」的信念。

石頭——亙古的寂寞

若說有恨，又該從誰怪起？三萬六千五百個捷足先登的手足？洪爐旁滴著汗珠的媧皇？還是那撞倒不周山，已然自盡的水神共工呢？抬眼望天，長河漸落、曉星愈沉；遠山的翠黛直透隱隱霧氣而來，雲海在夢盡處不住翻騰。凌雲朝露，漫天泛著的晶淚；陡然一陣恨海愁山席捲而來——他恨它們！他恨它們使他永遠避於寤寐之中、陷於縹緲之境地看不透一切！山風盈袖，一滴情淚從石頭的面上流將下來！

石頭在人間

「頑石」？那可是作者自況。雖云「四大皆空」，可是挾著滿腔才華抱負，恐怕永遠有著無法學以致用的憾恨吧！當鴻鵠之志遠逐漸從生命淡出，所有喧譁化爲難堪的冷，他的「滿紙荒唐言」，不正是對生命最痛苦的反芻嗎？

然而反覆咀嚼的淒楚，卻是無法止息的。因爲遙想當年的雄姿英發，畢竟是人性最基本的自戀之情。因此，他一面慷慨陳辭富貴榮華的瞬間虛幻，一方面卻驕傲刻畫那雕梁畫棟、瓊筵勝席。這種心態，我們又可以從其自比赫若彩繪的玉石對照；當自我掙脫了凡間有限的形體囹圄，化爲亙古長存的精石之實，仍可一瞥其「以文傳世」的壯志雄心。換言之，作者所意欲留存世間的，自不囿限於那些「行止見識，皆出於我之上」的「昌明隆盛之勢、詩禮簪纓之族、鐘鳴鼎食之家」；於是，書中蔚爲奇觀的（作者不就說芳園應賜「大觀」名嗎？）綺羅冷豔，不但肩負著超載「因空見色，由色生情，傳情入色，自色悟空」的道家出世理念；又擔起美化情節肌理、潤飾賞心悅目的重責大任。而在各種節慶活動之中最爲奢侈豪華、最能彰顯這種「珍珠如土金如鐵」的作風的，自當首推年節的慶祝了。書中第一次提到年節，也是全篇最爲輝煌璀璨的年節，正是元妃的「歸省慶元宵」。

風華的世代

元妃省親之時，正值賈府猶盛之日，因此無論任何小節，無不窮極後工。首先在第十六回賈政做壽的時候，六宮都太監夏守忠報告了元春晉封爲鳳藻宮尙書的消息，後來又借由賈璉之口，透露元妃即將省親：「當今聖上體貼萬人之心，世上至大莫如『孝』字……特降諭諸椒房貴戚，除二六日入宮之恩外，凡有重宇別院之家，可以駐蹕關防盡骨肉私情、天倫中之至性。現今周貴人的父親已在家裡動了工了，修蓋省親別院呢。又有吳貴妃的父親吳天祐家，也往城外看房子去了。」於是賈赦、賈珍、賈璉等負責省親別院的修建籌畫，賈蓉負責金銀器皿的打造，賈薔動身前往蘇州，置辦花燭彩燈各色帳幔之外，還採買了十二個學戲小生、小旦，訪聘了十個小尼姑、小道姑來。這一忙，忙了多久呢？第十二回春節期間死了賈瑞與秦可卿，是年九月初三林如海捐館揚州、賈璉帶黛玉回蘇州奔喪，說是「年底就回來」；後來因爲元春德封爲妃提前北上，開始籌備省親事宜。這個年過得如何，曹雪沒提——想必也不好過。到了下一回開頭是「又不知歷幾何時」，省親別墅已經修竣。我們雖不知確切期間，但若按照書中確實提過的各個時序去推算，最起碼過了二年以上，爲了一個省親從籌畫到採辦了各處「古董文玩、仙鶴、孔雀、兔、雞、鴨等類」，也眞夠令人嘆爲觀止了。

這一個年當然更是在忙亂中度過的，因爲小說寫道：「次年正月十五上元之日，恩准賈妃省親。賈府領了此恩旨，益發晝夜不閑，年也不曾好生過！」

韶華勝極

由第十八回歸省元宵的文字來看，此時無疑是榮國府最爲富麗奢華的極盛時期。不僅那「佳木蘢蔥、奇花爛灼、崇閣巍峨、彩煥螭頭」的大觀園落建完成；賈元春「才選鳳藻宮」，更將賈家的地位翻上春風得意之勢，這樣的元宵節，過得該夠氣派了罷！但是書中鋪陳的「金銀煥彩」居多，和上元有關的活動卻少；略去第二十二回的詩謎不提，模糊的印象只覺得燈多：「院內各色花燈爛灼，皆係紗綾紮成……」「兩邊石欄上，皆係水晶玻璃各色風燈，點的如銀花雪浪……」「船上亦係各種精緻盆景諸燈，珠簾繡幙，桂楫蘭橈，自不必說。」這些文字固有「香屑布地，火樹琪花」之燦，但應景的成分並不強，歸爲布置上的巧思亦無不可。作爲書中第一個正式登場的年節，只得這番概括性的描述，豈不是咄咄怪事？

月華燈燦

節日是農業社會自然發展的產物，「春節」的誕生更代表了人類在作物管理上與自然交會的歷程。我們要知道：中國在商代一年是只分爲春、秋兩季的（故後世以「春秋」代表一年）；到了後來由於農業社會的需要，曆法益發翔實，才又分出了夏、冬及各個節氣。現今我們慣說年歲年歲，「年」和「歲」卻又有所不同；據《堯典》記載：「以閏月定四時成歲。」換言之，歲即代表某一節氣到明年出現的這段期間。

那，「年」又是什麼呢？華北一帶四季分明，一年只得一熟，這「年」字，在《說文解字》上即指「穀熟」。在「冬藏」之後人類歡慶豐收，團聚避寒，這就是年節的由來。

這種一年一度的慶祝由於農民此時無事，又關係到生計上的求神降福；自是非同小可。往往在冬藏之後農民就開始收始打掃、除舊布新，到了冬至後第三個戌日，天子當舉辦祭天大典，這就是所謂的「臘祭」，而此月也就被稱爲「臘月」了；由於家家戶戶忙著籌畫嘉會，迎接新歲，洋溢著迎接喜慶的熱忱，也就有所謂的「過了臘八就是年」的說法。

到了元旦，各地迎龍舞鳳，慶祝新年的到來，自不待言；同時，這也是狂歡作樂的開始。尤其到了唐代，天下統一，經濟文化達到前所未有的昌盛，「揮霍」的本錢既多，狂歡的熱潮自是曠代盛舉。這一「狂歡」，往往長達半個月之久——直到上元這天——達到了無比絢爛的高峰！整條街上火樹銀花、雲蒸霞蔚、金光萬道、鑼鼓喧天。若說春節爲眾節之首，元宵又爲春節之首，當不爲過。

但是我們不要忽略了元宵的另一層含意：它同時也是年節活動的結束。明代出於惜別的心理，曾有將上元節一延十天的命令——這也是第二十二回在薛寶釵生日（二十一日）過後，賈母一家人仍大猜燈謎的緣故。但是才正盛世英華，卻馬上現出示警之兆——詩謎中的爆竹、算盤、風箏、海燈，無一吉物！也難怪賈政「竟難成寐，不由傷悲感慨」了！

再從另一方面來說：元春生於大年初一，就時間來看，開啓了春節活動之始，就人世來看，創造了賈府富貴頂峰；她本人又適逢這「烈火烹油、鮮花著錦」之喜，權貴榮華，皆臻至極。但如今元春竟在象徵結束年節活動的元宵這天歸省，是否也預警了她的貴氣即將「一響而散」、「回省相看已成灰」呢？

萬豔同悲

元春的入宮爲妃帶給世代勳臣的賈府更進一層的顯貴身分；但若說喧赫飛騰，這「皇家外戚」的身分並未增加多少實惠，只是一層虛幻的光影。到了第五十三回轉眼之間，賈府又要過年了。橫豎不過一年的時間，你瞧賈蓉怎麼說的：「按時到節不過是些彩緞古董頑意，縱賞銀子……才值一千兩，夠一年的什麼？這二年那一年不多賠出幾千銀子來！頭一年省親連蓋花園子，算算那一注共花了多少？再一回省親，只怕就精窮了。」假如我們再把劉姥姥二十多兩就夠過一年的話拿來對照，可以看出賈府的虧空有多麼驚人。難怪賈珍要苦笑「外頭體面裡頭苦」了。

但是可怕的是，這種苦處不要說外頭人不知道，就連那些吟詩作對的公子姑娘們也不了解。因此當鳳姐甚至和鴛鴦商議，必須偷史太君的東西來彌補虧空的時候，邢岫煙、李紋、李綺一大批人卻湧到賈府治房舍、幫盤纏地告貸而來。表面上看起來，似乎是「燈花爆了又爆，結了又結」的人丁興旺之況，又有誰知，這些綺羅粉黛是前來投湊「萬豔同悲」讖語？

年節轉眼即到，換門神、封對聯、慎終追遠這些活動都屬大家所能理解，本文既不屬於民俗範圍，就僅留下作者的才筆。值得注意的是在這新舊遞變、喜氣洋洋之時，曹雪卻透露了表面下的暗濤洶湧：首先我們知道賈母竟然從不在寧國府吃年夜飯的；這當然是素來面和心不和的尤氏、熙鳳明爭暗鬥的結果。再看去年頂頂熱鬧的元宵今年又且如何呢？迎親歸省帶來鉅大的支出虧空，賈母決計推算得出。但是這群豪門貴族與其教他們苦惱未來的興衰，他們寧願陶醉於眼前的歡樂。在貪圖熱鬧的情況下，賈母很早就囑咐燈謎的製作以資預備（這就是「薛小妹所編懷古詩」的由來），但是由於太妃欠安，各嬪妃皆得卸妝減膳、宴樂兩免，大觀園才又免去了一回花錢如流水。這種情節上的安排固然有其節省筆墨的考量，但是最重要的原因是——元妃的命運已然敲響了警鐘！

元春既不能來，那麼，闔族閒話家常熱鬧熱鬧吧！結果「或有年邁懶於熱鬧的；或有家內沒人不便來的；或有疾病淹纏；或有妒富愧貧……」總之八族人丁，竟只來了六人。假如加上李紈、邢夫人、晴雯等人紛紛跨年的病症……種種難堪兼敗相，皆說明榮國府的好日子不多了！假如我們有了這層認知，再回頭玩味令黛玉懼怕的「一聲雷、飛天十響時」，是否也要學鳳姐一聲「聾子放炮仗——散了罷」呢？

展眼弔斜輝

賈府的破敗，是整個封建體制邁向崩潰一途的必然產物，原也不足爲奇；但寶玉呢，這「富貴閒人」在經歷各色幻滅之後，又該如何自處？

「至貴者『寶』，至堅者『玉』。」寶玉之名，原本就交衡著世間絕不相讓的力量呵！若說「貴」字代表了頑石最高渴望、屬於生命的寵幸繁華；那麼「玉」所代表的，無寧是一股意識的執拗與乖僻吧！這樣看來，「玉」之所以不被元春、熙鳳所喜，也就不難理解了；她們一個稟承世間貴氣，一個坐掌金庫的匙鎖，所謂「富貴不能移」的僻謬固執，自是不見容於她們。寶玉之所以被疼惜，無非是基於玉的「稀罕珍貴」。換言之，所銜之物若換作珍珠、琥珀甚至金鎖，對於史太君等人根本就沒多大差別！史太君、王夫人、薛寶釵著眼於寶玉之「寶」，正如同黛玉、妙玉著眼於寶玉之「玉」一樣，另外一半就教於他們，是多麼的不值一笑！

但是寶玉畢竟只是寶玉！他無法違抗自己的性靈單純地只作一個「寶」或作一個「玉」。正如同他無法僅愛黛玉（高鶚所言「弱水三千只取一瓢飲」有違原意！）或僅愛寶釵一般。青埂頑石貴不及天，於是嚮往紅塵富貴作爲補償；紅塵風流汙幪眞玉難明眞心，這也正是爲什麼後來三番兩次的會有「失玉」之舉：因爲玉的本質已被粉脂漬痕迷失了本性。

寶玉其實只是紅塵中的漂泊者，血液中的折衝矛盾，使他永遠自絕人間。繁華紛攘之中，恐怕只擁有無法排遣的孤寂！

只有當他滿足了歷劫人間的願望，織就圓融的人生觀，回到青埂峰上，才能了卻人世的紛擾與憾恨！

石頭，亙古的寂寞！

尾聲

清晨，朝露潤和了山林，點綴出無數眼睛，捕捉了晨的微曦，隨著馨香的微風乍明乍滅。

黎明中水乳交融的天光雲影，掩映著西天殘月將去。天地間揮灑出陣陣璇光，將石頭渲染得熒熒欲滴。

望著自己消失在遠天，錯落煙波中的倒影；石頭不禁自嘲：「難道，只剩下我和我自己的影兒嗎？」

萬縷音魂在雲霓幻化處盟應，無聲光影默盼著夢的悲淒；一股親切的、微妙的情緒彷佛秋水乍凝，浮現心底——

他，不孤寂。

一九九二年《中央日報》長河版元宵特稿

輯二

上海通俗文化及都會感官

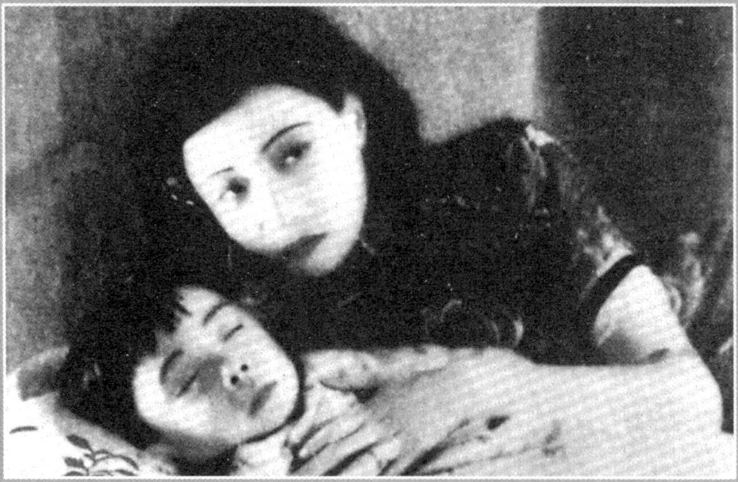

中國影史上最偉大的母親形象——阮玲玉，扮演兒子的是童星黎鏗。阮玲玉擅長以纖弱肢體承載五千年來的封建凌虐，又每每在片中藉著母性的身分超脫昇華。不過張愛玲在《十八春》中並未將取材《再話吧！上海》的情節處理成此類模式。反而是後起的白先勇，能夠成功勾勒出近似奧涅爾《大神勃朗》當中超越性別的「地母」型人物，如總司令、金大班等等。

上海歌壇繁華夢

兼論李香蘭、白光與歐陽飛鶯

現代中文歌樂發軔於上海，海上的風華數也數不盡；海上的歌不單綿延深長、開枝散葉至海角天涯，海上群芳更是競怒爭華難描難畫。對廣大的海外華人而言，她們丰姿各異的鶯啼燕語正是另一種故土遙望，每當午夜夢迴凝神諦聽，不但是當年全中國四萬萬人之靈秀所鍾，也是西方魂縈夢牽的遠東鄉愁。那是一種交結著東西洋氣息的煙芒，人們把所有對美好事物的想望都凝結在音樂之中，不管是探險家心目中頹唐蠱豔的東方第一大都會、單幫客大顯身手的十里洋場，抑或是革命家勇闖天下實諸滿腔抱負的舞台，銷金窟、洋涇浜、瓊樓玉宇萬豔同悲的滾滾紅塵；上海，永遠延綿著夢幻般的氤氳，是地獄、亦是天堂，形形色色盡皆在歌聲之中。

玫瑰玫瑰我愛你名震國際

米高梅、百樂門、仙樂斯這些香豔的名字說明了上海永遠在歌舞昇平中，海上的歌可謂應有盡有：郎毓秀的〈天倫歌〉、歐陽飛鶯的〈梅花操〉不單必須以聲樂演唱，曲中細膩的感時抒懷亦奠定了它們的文學層次；白光的〈魂縈舊夢〉是老兵共通的鄉愁、周璇的〈前程萬里〉、〈鍾山春〉是政府播遷來台後的愛國教化歌曲、姚莉的〈玫瑰玫瑰我愛你〉和李香蘭的〈夜來香〉則代表上海遠征外邦，將十里洋場的旖旎風情傳唱國際。其中〈玫瑰玫瑰我愛你〉填上英文歌詞經由義大利歌手法蘭克・藍（Frankie Laine）唱出，在五〇年代風靡全球，被外國人譽爲最傑出的爵士樂（姚莉正是中國第一位吸收爵士和藍調唱腔的歌手）。法蘭克・藍在五〇年代紅極一時、名曲甚多，但他始終惦記著作曲者陳歌辛。陳歌辛後來在文革中被鬥身死，一家飽嘗人情冷暖，但是陳歌辛的兒子、日後以小提琴協奏曲《梁祝》馳名中外的作曲家陳鋼回憶，法蘭克・藍每年必定寄達卡片問候，這固然是法蘭克個性敦厚念舊，但陳歌辛所受彼邦人士敬重，乃至當年上海歌樂的水平，由此可見一斑。

上海歌樂的血源有三，教化、西洋古典與娛樂小調。身世不同，注定了它們以不同路徑百花齊放地競逐市場。西方音樂傳入中國以學堂樂歌爲創作起始，因此早期作品除了改編自美國民謠的〈蘇三不要哭〉〈佛斯特的〈噢！蘇珊娜〉〉及〈舊金山〉〈輕音樂樂隊舞曲〉，其餘皆充滿了學堂樂歌當初推廣白話、習學國語的淺白趣味。最早期的學堂樂歌（二〇年代以前）如沈心工的〈郊遊〉幾年前音樂課本還看得到，不過這些作品的旋律多半來自外國民謠歌曲，如〈女子體操〉出自德國的〈小鳥來了〉、〈賽船〉出自〈輕輕搖〉。可惜的是這些作品當時並沒有留下錄音紀錄，眞正留下錄音並且開始發揮影響力，要等到與娛樂小調結合並且開始在社會造成風潮之後。這時期最著名的代表就是由小女孩所組成的明月歌舞團，她們取代阮玲玉、陳玉梅、胡蝶等電影紅星形成時代歌曲的主流，眞正開啓中國歌樂的風華世代。

江青原本是歌舞團員

明月歌舞團堪稱人才濟濟、藏龍臥虎，黎明暉、王人美、黎莉莉（王人美和黎莉莉後來都爲左派影壇主演不少所謂的「進步」名片，王人美的《漁光曲》創下中國電影映期最長及首獲國際影展大獎紀錄，黎莉莉以和阮玲玉合演《小玩意》成名，名作尚包括《大路》、《孤島天堂》等），胡笳、薛玲仙是明月歌舞團的主要台柱，但眞正對整個上海文化造成「震撼」的是該團所培育出來的聶耳、嚴華、周璇及白虹。聶耳所寫的〈義勇軍進行曲〉後來成爲中共政權的「國歌」，其餘進步歌曲尚包括〈畢業歌〉、〈大路歌〉及〈梅娘曲〉等；嚴華曾在北平的「富連成」學習青衣，所作的〈百鳥朝鳳〉、〈月圓花好〉富有民間小調風味，造就李麗華、姚莉及周璇（一度爲嚴華夫人）的聲勢。周璇和白虹皆出身於明月末期，但她們努力不懈，將本已沒落的明月風格繼續在唱片業發揚光大，使得許多情韻優美的方言民謠改頭換面，以國語的風貌造成更爲巨大的影響力。除上述眾人外「明月」還有兩位「傑出」校友曾對文化界產生重大的影響，一位是後來成爲郭沫若夫人的張靜，另一位不用靠丈夫就夠出名了！她原叫李雲鶴，在投考明月時名喚藍蘋，後來正式改名叫江青。

上海文化大變身！——太湖船從畫舫小調變童謠

明月歌舞團的團長黎錦暉，湖南湘潭人，大哥黎錦熙爲商務書局主持編彙字典業務，黎錦暉因其兄提攜、爲推行國語而開始創作〈葡萄仙子〉、〈可憐的秋香〉等兒童國語歌曲，作品風格係由學堂樂歌衍化而來；七弟黎錦光受其影響走上創作之路，後成爲中國最著名的時代曲大王，名作包括〈夜來香〉、〈香格里拉〉、〈鍾山春〉、〈明月千里寄相思〉、〈少年的我〉等；么弟黎錦揚在大陸易幟後遠征金元王國，以《花鼓歌》震驚百老匯與好萊塢，以通俗文化的成績而論，堪稱中國最著名的藝文家族。黎錦暉至受託寫作紀念國父的〈總理紀念歌〉爲其最巔峰（孫中山先生逝世時尚未有「國父」稱號，「國父」稱謂係後來追封），但他爲了挽救明月頹勢竟要周璇、黎莉莉等小姑娘袒胸露腿，穿著薄如蟬翼的紗服作童女尖聲之舞，歌聲肉影，吸引醉翁之意不在酒的「老饕」，終於激怒有志之士將他與撰寫《性史》的張競生並列爲「上海文妖」。連對世事一向寡情的張愛玲，也爲文撻伐這種不良的風氣是「小妹妹狂」，在眾口鑠金之下，曾經紅極一時的黎錦暉終於以晚年賠盡一切收場。

黎錦暉與嚴華、姚敏等人嚴格來說皆只能算歌謠作家，但是他們在整理、推廣地方民謠上卻有不可磨滅的功績。自從推行國語運動，許多方言民謠原本可能就此湮沒，但是有了這些兼擅詞曲的作者將歌謠改編成偕韻的國語歌詞，並且保留傳統的韻白韻腳，加上優秀的歌手詮釋，使得這些歌流傳至今。整個中國這麼一大片土地，當然不是只有王洛賓所採的那幾首維吾爾民謠而已！這批作曲家所採行的民謠取材之豐、地域之廣都是王洛賓無法比擬的：幽深寂寥的〈送大哥〉是綏遠民謠、湖南的〈採檳榔〉有一種市井的嬌俗、雲南的〈小小羊兒要回家〉充滿童騃的單純自足、還有出自蘇州彈詞的〈埋玉〉、粵劇古曲的〈王昭君〉、蘇南的〈天涯歌女〉、河北的〈小放牛〉……當然這其中最富代表性的就是黎錦暉家鄉湘潭的〈桃花江〉了，至今仍傳唱不衰。在人文薈萃的上海，因地利之便傳唱了大量的江南小調如〈嘆五更〉、〈梳妝台〉、〈恨十聲〉等，經過曲家巧手，皆從吳儂軟語改以京片子風貌存世；至於長篇套曲如〈蕩湖船〉、〈九連環〉這些原本風月無邊的太湖畫舫歌曲〈爲何有個「蕩」字並非無因〉，在擷其菁要淨化改詞成白虹灌錄的〈太湖船〉後，居然搖身一變，成爲全台灣家喻戶曉的童謠！

中文藝術歌曲的大本營

在略述完娛樂小調的影響之後，上海亦是藝術歌曲的大本營。上海的中文歌樂，完全因其古典音樂的身世提升整體的格調與價值；中國歌樂根植於古典的血統非常純粹，由於古典音樂的開拓者蕭友梅、黃自都是正直單純、滿懷淑世救國之念者，因此他們的本性較偏向古典樂派時期風格，形諸於音樂就是和聲端正、旋律線明晰、樂句對稱條理；這和當時西方樂壇的印象派、甚至十二音列法等現代樂派背道而馳，使得中國的作曲家日後出國攻讀皆面臨了相當的困難，但純就歌樂而言，由於旋律線條簡單明瞭，對原本並不熟悉西樂的廣大華人來說易學易懂，因此迅速造成風潮。短歌最簡單的創作曲式就是舒伯特亦常用的 AABA 模式，但是上海的作曲人和歌唱家還是在這樣窘迫的形式中一點一滴發揮他們旋律的天分，開創了華人歌樂的盛世。聲樂演唱者如郎毓秀、周小燕、管喻宜萱、歐陽飛鶯和黃飛然當時都有不少風靡一時的名曲。當然最顯赫的，要數以〈教我如何不想他〉成名的斯義桂了！斯義桂在上海音專師事蘇石林（Shushlin），習學到夏里亞平（Feodor Schaljapin）以降俄式男低音的神髓，赴美後終以穆索斯基歌劇《鮑利斯古德諾夫》名震一時。相較於天賦不亞於他、卻英年早逝的同學朱永鎮，及歷經文革的郎毓秀、沈湘等人，乃至於避居菲律賓受困難民身分不得出國盡展所長的歐陽飛鶯，讓人不禁感慨要在樂壇出頭果眞是時也、命也，各人的藝術生命同途殊歸，努力之外機運眞的是半點都無法強求。

張愛玲與李香蘭

與這些正統聲樂家相比，名噪一時的李香蘭與歐陽飛鶯的聲樂技術並不遑多讓；李香蘭因負有宣揚「中日親善」的任務，當時日方出動東洋首席古典作曲家古賀正男爲她量身譜就多首名曲，但這些歌居心叵測、並不以追求藝術境界爲依歸，而且並非以中文音韻入樂，不能算是藝術歌曲。反倒是中國作曲家爲她創作的〈夜來香〉、〈恨不相逢未嫁時〉及〈戒煙歌〉，配以上海工部交響樂團（團員多爲白俄音樂家）伴奏，以長大的弧形聲樂線條，發揮她獨步當時的俄式聲樂唱腔及京片子咬字（當時聲樂家多半都有濃厚的方言口音），令郎毓秀等人也有所不及。

一生充滿傳奇的李香蘭，一九二〇年生於中國東北，因爲能講一口京片子而成爲日本推行「進軍大陸政策」的圖騰。一九四二年，已經名噪整個日本和僞滿洲國的李香蘭，被進駐上海租界的日方高層安排進軍中國，在《萬世流芳》和當時上海最紅的陳雲裳、袁美雲同台競技，表明要向整個中國領土宣揚這位「親善大使」。當她施展超絕歌唱能力、錄製〈恨不相逢未嫁時〉，轟動整個影歌界。許多大牌紅星，包括周璇、姚莉都跑去錄音室旁聽，看看李香蘭是怎麼樣地「初試啼聲」。如此非凡的明星魅力，也感染到彼時正爲敵僞政府力捧的新進女作家張愛玲！在她形同一生回憶錄的《對照記》中，還特別插放一張與李香蘭的合照。其實作爲藝術家，晚年張愛玲的歷史地位已然底定。對比明星生涯已逝的李香蘭，誰高誰低，無庸置疑。在回憶錄中特別提到萍水相逢的李香蘭，正足以說明這位向來「誰都不見」的隱遁者，其實仍保有年少記憶的光與熱。

要論到李香蘭聲樂技巧的缺失，較明顯處在於底腔支持有時不夠扎實，且未能充分發揮俄國派共鳴豐富厚實的特色，這使得她日後進軍正統古典樂壇及百老匯皆面臨相當困難，但她的音樂會（包括演唱《茶花女》、《風流寡婦》等歌劇詠嘆調）在當時的確轟動一時；與她恰爲對比的是爲重慶政府擔任地下情報工作的歐陽飛鶯，上海音專教授黃貽鈞（解放後出任上海交響樂團團長及上海音樂學院院長）爲她所作的〈梅花操〉、〈春天的花朵〉、〈雨濛濛〉比黃自的〈天倫歌〉更富於浪漫樂派的管弦技法，藝術格調較〈夜來香〉更高，是整個上海風華韶光盛極的代表鉅作。歐陽飛鶯師從義式歌劇唱法，擁有無比寬宏富麗、酣暢淋漓的嗓音，熱情嘹亮的歌聲展現勝利後開天闢地的光明風景。待大陸易幟歐陽飛鶯前往菲律賓發展，專攻《蝴蝶夫人》、《杜蘭朵》等艱難的歌劇角色，作育不少英才。

至於融合中國傳統樂韻的藝術歌曲創作，因爲要融合中國傳統的五聲音階與西洋和聲技法，遠比單純的改編民謠來得困難，勇敢接受挑戰的除了趙元任（〈老天爺〉、〈賣布謠〉等）外，竟然還有一位德國女作曲家華麗絲！華麗絲是青主（〈我住長江頭〉作者）的太太，夫妻倆在柏林邂逅時正值貝特格（Hans Bethge）《中國笛》在德國大紅特紅之際；蓋當時傳統歐洲社會仰賴基督教義建立起來的架構秩序在面臨整個浪漫狂飆運動後疾驟崩毀，道德價值觀念混亂，一股頹廢美學的風潮油然而生。在這種背景下貝特格根據以往已有德法以及英譯的中國古詩重新編寫成《中國笛》這本詩集，對尊崇頹廢美學的歐洲知識分子同樣有隱晦之美的尋幽覽勝之趣，但在心靈慰藉上中國詩詞講求「天人合一」，隨從自適的意境修養卻不啻是帖安慰劑；當時留歐的中國知識分子也因此擺脫之前因國運積弱不振而被歧視的命運，披上了一層莫測高深的吸引力。華麗絲在這種風氣下認識了青主，不問可知這位對神祕東方充滿憧憬的德國姑娘會以什麼樣的眼光來看待這位滿腹經綸的中國人。在嫁夫隨夫之後，華麗絲更加努力習學中國音韻，還曾翻譯中國詩詞在德國媒體發表，當然她最駭人聽聞的就是最後居然以其敏銳悟性，摸熟了中文詩詞的抑揚和內涵，譜就了〈少年遊〉、〈喜只喜的今宵夜〉等古詩詞名曲！

海上匯羅芳

對中國近代化而言，老上海是一個特殊的時空；租界的繁榮和歐化，為藝文活動提供了相當的資金和安定的環境。蓋當時政經混亂、時局動盪不安，租界適度地保護藝文工作者免於觸怒政權的顧忌，加上各國文化對比交流的頻繁，也觸動藝文工作者活絡的靈感。

而這其中最富代表性，且造成音樂向榮前景的，就是法資的百代唱片公司。由於百代初期挾其雄厚的外資及嚴格品管，和電影界密切合作，足以吸引第一流的藝術家；再加上西方音樂傳入中國伊始，作曲技法掌握在正統音樂工作者手中，因此黃自、趙元任、賀綠汀、劉雪庵、張昊、吳祖光、田漢等藝文工作者手中出來的歌樂，水準、格調皆非同凡響，不像中國的電影作品，一下子就淪落到媚俗和自我抄襲的打轉。不過這種健康的機制後期終不免被商機侵蝕，像當初以小璇子、小莉子、小白子「三小」並稱的周璇、姚莉和白虹，在好不容易聯袂擺脫那種「商女不知亡國恨」、舉國皆狂的「小妹妹尖聲」之後，卻又出現不少像〈紅歌女忙〉那樣紙醉金迷、紅男綠女的靡靡之音，反映出那時人心麻痹、時局不靖的社會亂象。不過蓋棺論定，上海的風華終究太絢爛了！不以後期蒙塵而失了顏色。尤其是只要想想看〈飄零的落花〉是《新婚大血案》的主題曲、〈凱旋歌〉是《長相思》主題曲、〈鍾山春〉是《惱人春色》的插曲，就可一瞥這些歌曲是如何以它們本身的藝術格調，來提振整部電影的價值。

阮玲玉開啓台語流行歌曲風潮

由於和電影圈密切合作，彼此又同爲娛樂體制，因此不少電影明星演而優則唱，也留下不少值得懷念的作品。一代天才女星阮玲玉可說是兩岸電影主題曲的祖師奶奶，她爲電影《野草閒花》所灌錄的〈尋兄辭〉開啓中國電影主題曲的新紀元；她所主演的《桃花泣血記》一九三二年在台上映，片商爲招徠觀眾特聘王雲峰譜寫同名台語歌曲，成爲台灣第一首流行歌曲。

阮玲玉寫下中國影星唱歌的先河，她的對手胡蝶也不甘示弱，曾推出由郭沫若作詞的〈湘累〉等作品，不過在歷經談瑛、陳燕燕、陳雲裳、顧蘭君等熠熠紅星之後，直到白光、李麗華才眞正在時代曲的天地中開花結果。白光因演出《東亞和平之道》結識台籍作曲家江文也，兩人雖因江文也生性風流而分手，但白光卻受其影響一度走上古典音樂之路，並拜日本知名女高音三浦環（第一位在西方演唱歌劇的東方人）爲師。不過白光後來係循瑪琳黛德麗（Marlene Dietrich）式酒館歌曲（Cabaret Songs）隨性不羈的演唱方式走紅，玩世不恭哼著吉普賽小調的風情後來都被白先勇寫進〈金大班的最後一夜〉與〈一把青〉中；今天論斷起她，第一印象絕對是歌手而非影星。李麗華在從影前就受過最講究行腔用嗓的程派青衣訓練，加上一口刮拉鬆脆的京片子，她以走周璇民謠小調路數起家，在輕盈甜美上卻更爲出類拔萃。早期名作如〈百鳥朝鳳〉、〈親家相罵〉、〈千里送京娘〉曲名皆出自京劇劇目；在轉往香江之後，她成爲影壇的一代女皇，但最走紅的歌曲包括〈琵琶怨〉、〈小白菜〉、〈雪裡紅〉、〈都達爾與瑪麗亞〉及〈跑馬溜溜的山上〉仍屬民謠，在海內外傳唱不衰，也代表了一股風流蘊藉死而不僵的上海圖象。

老上海的丰采的確一度消沉黯淡，且不論原本就已疾遽陳腐、掏空生命力的墮落；三反、五反，乃至文化大革命，更讓老上海面臨驚天動地的變局。但是在海外，上海的風華、上海的派頭仍然藉由李麗華，藉由陶秦、樂蒂、徐訏、張愛玲傳揚源遠流長的風景。那種以傳奇和奢華爲原料所打造出來的華美悲涼，是上海令人永難忘懷的印記。全中國經濟大權的淪落造就了上海，亂世的悲歡離合成就了上海，直到今天張愛玲、穆時英、錢鍾書和白先勇依然是華文世界最好的小說家，上海歌樂尤其是華文世界不可磨滅的精神資產：從將金大班、尹雪豔搬演得活色生香的白先勇，到九〇年代的王家衛與王安憶，眞正的行家從來不會忘了這些歌。

打從九〇年代起掀起一股懷古風潮，老上海的一切彷彿都鍍上層金地被美化了！這本也不算是件太壞的事，最起碼華洋交融的國際觀比起一味地強調草根性要來得有視野。問題在於現今所謂的「老上海」是眞是贗、是芳草還是莠實不無疑問，許多似是而非的謬論更是傾巢而出。

最明顯的例子，就是〈夜上海〉這首根本就是在香港錄音製作、亦從未在舊上海發揮什麼影響力的靡靡之音（該曲於民國三十六年面世，一年多後上海就政權移轉），卻儼然變成今天上海懷古的一項精神圖騰。

如果「上海風」只是一種講究吃喝玩樂的情調，而忽略了豐富開放的文化特質；如果「上海風」只不過是供銅臭商賈茶餘飯後附庸風雅的自我陶醉、醉生夢死的娛樂，那麼它就眞的只剩下「海派」這個詞原先所帶有的卑俗，而不可戀、也不可貴了。

筆者一向不盡認同「海派」這個辭彙，它是北京文人自我標榜、強調上海文化和京派不能相提並論的鄙夷論調。在很多方面，如海派戲確實不如京朝派樸實溫厚，但是音樂乃至於電影，上海就是中國發源的大本營，是專業技術的重鎮，需要從社會性、藝術性作全方位探討。本文從音樂、電影、文學、歷史乃至社會學等多方角度描繪上海舊時社會的風貌，希望能勾勒出那段風華歲月的一鱗半爪。

二〇〇一年九月二十一日《中央日報》副刊

注釋

①法蘭克・藍每年耶誕寄卡問候之詳細描述，請見陳鋼一九九一年二月二十七日在《文匯報》發表之〈絕唱〉一文。

②〈玫瑰玫瑰我愛你〉威名持續至九〇年代，由彼德格林納威（Peter Greenaw）導演、《紅磨坊》小生伊旺麥奎格（Ewan McGregor）主演的電影《枕邊書》即以該曲作爲主題曲。

③學堂樂歌多出於國外民謠一事，請見張已任〈我國近代音樂教育的發展〉（一九八八）。

④藍蘋和張靜亦出自明月歌舞團的資料，見吳昊〈天涯歌女情〉（一九九三）。

⑤白虹所灌製的〈太湖船〉歌詞與台灣通行的版本不盡相同，顯見這其中還有一次關鍵的轉折。

⑥有關《桃花泣血記》的創作經過請看台籍電影辯士呂訴上的《台灣電影戲劇史》。

⑦李麗華習學程派青衣之描述見於李麗華親自撰寫的〈我的自傳〉一文（一九五四）。

⑧好萊塢黑白片時代以上海爲背景的名片包括瑪琳黛德麗主演的《上海特快車》、金泰妮（Gene Tierney）主演的《上海風雲》及麗泰海華絲（Rita Hayworth）的《來自上海的小姐》，前者（《上海特快車》）的第二女主角是有名的華裔女星黃柳霜，後者（《來》）導演是被譽爲好萊塢第一才子的奧森威爾斯。

張愛玲照片及 1945 年 7 月 21 日納涼會，右起金雄白（《汪政權的開場與收場》作者）、陳彬龢、陳夫人、李香蘭、張愛玲（坐）、炎櫻、張茂淵（張愛玲姑姑）。

新感覺派的最後大師

張愛玲

因爲「我將來要比林語堂還出鋒頭」，張愛玲，這位一代才女，一直以中西兼修、穿梭跨界的風貌出現；在「我的中國，我的青春」的悲願下，封建遺毒曾經戕害她的錦繡韶華，但破敗的皇朝錦冑，日後又成其不斷向外界「展示」的「華麗緣」。在上海灘頭，十里洋場：身著遜清旗衫的張愛玲曾經高踞黃包車頭，被嘖嘖稱奇的目光所簇擁，伸展著華洋雜處、新舊交替的「傳奇」，這使得這棵雪裡蕻，一度獲得奇異的滿足……然而這歡笑之於她何其短暫！當生命淪爲搓蹭蹭地磨難——正如她自己所預示的：「礁樓初鼓定天下，隱隱礁樓二鼓敲，礁樓三鼓更淒涼……」磧礫不斷磨去粼粼春光，即使文章用鏤金摛藻補綴，生命終究下沉爲寂寥的冷——冷到底，爲止。

海上花開，海上花落，如今張愛玲已在靈河彼岸；由於她傳揚彼邦的「天才夢」，終究一步步地消逝在「沒有光的所在」，爲著紀念這一代絕筆，筆者呈現她的英文書寫，並且再翻過頭來——藉由這些親筆著作，透過中西「對照」的「張看」，在張愛玲不斷淪爲消費品的現代，爬梳伊人創作的脈絡程式，以拓充中文著作研究的奠基。

眾所周知，張愛玲出版過的英文著作，包括爲人作嫁的《荻村傳》（*Fool in the Reeds*），還有她自己的《秧歌》、《赤地》、《北地胭脂》以及原稿一度丟失的《海上花》。爲著討論方便，以下將採取中英文分離的方式來標記每本書名。經過數十年變遷，這些作品目前存留的情況爲下：

《*Rice-sprout Song*》（秧歌），即中文版的《秧歌》，加州大學出版社一九九八年再版，一八二頁。

《*The Rouge of the North*》（北地胭脂，原名 Pink Tears——紅粉之淚——之前通譯爲「粉淚」值得商榷，「紅粉」如同「胭脂」爲雙關語），即《怨女》，加州大學出版社一九九八年再版，一八五頁。

《*Writen on Water*》（寫在水上），即《流言》，安德魯・F・瓊斯譯，哥倫比亞大學二〇〇五年出版，二一八頁。

《*The Sing-song Girls of Shanghai*》（上海歌女群像），即《海上花》，哥倫比亞大學二〇〇五年出版，五九二頁。

其中《流言》屬最難翻譯的散文類，偏又轉借他人之手，暫且略過不表。《秧歌》是張愛玲在英語世界最著名的作品：一九五五年由紐約 Charle Scribner's Sons 出版，頗獲好評，銷量卻不行。幸而改寫成中文後，打著「反共文學」的旗幟登陸台灣（一九六八），奠定「祖師奶奶」日後「無旦不張」的地位，以此因緣，香港翻印的英文版在此不難見到。至於《北地胭脂》，可能由於前身〈金鎖記〉被傅雷和夏志清推崇爲「文壇最偉大的收穫」，因此被張誤認爲最有把握征服英語讀者；但改寫後一直無法在美國兜售成功，六七年終於由倫敦 Cassell & Company 出版。此書雖被評定爲她最嫻熟的英文書寫，但對華文讀者而言，其創作意圖已有〈金鎖記〉和《怨女》在前，一時並無急迫鑽研的必要。

《荻村傳》由黨國大老陳紀瀅（自承每天「寫文章的時間比開會的時間還少」）所著，

其和張愛玲因緣匪淺：除了《荻村》，最奇者，是五五年尚出版了另一反共長篇《赤地》！張愛玲對陳紀瀅的評價如何不得而知；但她確曾花費相當心力來翻譯《荻村》。這本書描寫義和團出身的傻常順兒來到荻村，歷經改朝換代、袁世凱稱帝、南北分裂、軍閥混戰、浴血抗日，最後卻免死狗烹地葬送在「無產階級抬頭」的共黨手裡：「白天，荻村是獸世界；晚上，荻村是鬼天下。」傻常順兒是阿Q式的人物，這種「打著魯迅反魯迅」的政戰作品，時至今日，早已被時代淘汰；張愛玲當初之所以接下翻譯，當然是爲了美新處的關係和錢——讓人不免疑心之所以命名「蘆葦中的傻子」是否別有他意。就張學角度，《荻村傳》唯一顯現的創作意圖是「第二手」的英文文筆——由她中譯的《老人與海》起碼展現出張的中文美學。

至於《上海歌女群像》雖比《荻村傳》重要，畢竟不是張愛玲自個兒的著作，加上她生前宣稱原稿在搬遷中丟失，目前問世的到底算不算「定本」，亦頗有疑慮。

由此可以歸結：斷版五十年的《赤地》，是目前最需關注、也最有可能佚散的；而且在《秧歌》被視作里程碑（近幾年和《傳奇》有此消彼長之勢）的同時，野心更大、所下工夫更深的《赤地之戀》卻仍舊妾身未明，也絕非適當的生態。筆者個人修養雖然有限，但是比對《赤地》和《赤地之戀》，卻有一些發現。因此本文將以《赤地》和《秧歌》爲輔，希冀抛磚引玉，喚起對《赤地之戀》的重視。

《赤地之戀》一般在「張學」中，屬於評價較次之類；由於華文評論常有襲承前人意見再加以揮發的「習慣」，因此《赤地之戀》反應不佳可以追至三方溯源的「加乘效果」，其中流傳最廣的自屬夏志清。

「和《秧歌》相較起來，《赤地之戀》的風格，似稍欠完整。這無非是張愛玲的野心更大，要包括更廣的範圍，把共產黨暴政的形形色色和盤托出來。為求報導詳盡，她有時用了『流水帳』的記載方法，要把她在赤區所見所聞的一切，一一告訴讀者……本書很多筆墨，都浪費在這種『暴露眞相』上。」雖然夏也隨即表示，這本書「語言乾淨，意象帶有豐富的隱喻性，張愛玲在這方面所露的功力，直追《秧歌》。」又說：「在小說的領域中，能夠把這首詩〈指安諾德〔Mathew Arnold〕的〈多佛海灘〉〉的蒼涼意味，如此悲劇性的提煉出來的，實不多見。」但由於夏對張向來一面倒，甚至對〈茉莉香片〉、〈心經〉的結尾乏力視而不見——而比起〈留情〉、〈第二爐香〉、〈年輕的時候〉等等，這兩篇已屬整本《傳奇》的上乘之作——因此他對張愛玲難得的「針砭」，就將尚未在台露面的《赤地之戀》打入庶出。其實夏對張定位的「宗師之論」固然值得尊敬，但因時空限制導致對比資料侷限，忽略張愛玲繼承「新感覺派」這一路文學脈絡，對張偏向此派的美學技法也未探討周全。

其二來自水晶的〈夜訪張愛玲〉：「她主動告訴我：《赤地之戀》是在『授權』（Commissioned）的情況下寫成的，所以非常不滿意，因為故事大綱已經固定了，還有什麼地方可供作者發揮呢?不過，我說仍然喜歡戈珊這個角色。她說戈珊是有這樣一個人的……」水晶的訪問由於是問世最早的第一手紀錄(僅次於殷允芃)，因此影響極大。問題是，一篇專訪可以是評論者的導引、可以是新聞記者的記錄，也可以兩者輪替，卻不能予以混淆。上段話哪些是新聞「紀實」、哪些是水晶本人饒舌的「衍生」、哪些才是「評論」，夾雜不清。水晶寫訪問最大的「特色」，是其本人的意見無所不在，而他極不喜《秧歌》和《赤地之戀》，對於前者，尤其有過嚴厲的批評，因此連帶主導到整個話題行進，而張愛玲的客套回應，卻變成「坐實」了他的「偏見」，就新聞學的角度，確實有待商榷。由於《秧歌》打著胡適、張愛玲本人以及反共文學的旗幟，早已確立盤根錯節的歷史地位，水晶撼動不了;而《赤》當時卻尚未在台出版，便起了相當「先入爲主」的影響。甚至宋淇後來的〈私語張愛玲〉，論調相近，亦是重複水晶的敘述;只是不可忽略的是:「授權說」已被另一當事人麥卡錫所推翻!麥卡錫(於二〇〇二年接受高行之非當面採訪)是身負任務的外交官，固然脫卻不了政治語言，但以水晶呈現出的「材料」分析，筆者研判應是張表示係在 Commissioned 的情況下完成，Commissioned 可以翻成委託、也可翻成授權，兩者中文意涵天差地別;從常識來說，美新處根本沒有立場去「授權」張愛玲創作這麼部小說，應該非常清楚。水晶翻成了「授權」，而「授權」又被「反赤派」「栽贓」成政治指定創作;至於「故事大綱已經固定了，還有什麼地方可供作者發揮」，恐怕是水晶自己的議論而非出自張愛玲之口。這個常被論者掛在嘴上的論調，其實光憑水晶自己的「反證」就已足以破解：他在〈秧歌的好與壞〉中如此寫道：「《赤地之戀》借用處尤甚多，甚至連情節也轉嫁過來，像戈珊、申凱夫、黃絹的三角關係，便是套用曼璐、祝鴻才、曼楨的愛恨情仇，而劉荃就是沈世鈞的後身。」試問，美新處會以左傾的《十八春》的情節，來指定作爲反共《赤地》的大綱嗎？而張愛玲重複搬演自己早年編列的情節，又何來「故事大綱指定」？至於「非常不滿意」即便出自張愛玲親口，只不過是出自世家的社交客套，她不也在最登峰造極的《傳奇》之前說：「這些故事本身是值得一寫的，可惜被我寫壞了」？

至於其三，雖然層次最低、卻也最常被人煞有其事地拿來月旦，就是以唯物主義觀點論之，「她又不是農民！怎能了解農民心理？」基本上柯靈等中共論者以及水晶都只是不同程度地重複此一論調，本不值得一駁；不過附帶一提的是，如果眞覺得如此口吻可笑，亦不妨反思「她又不是台灣人，怎能寫進台灣文學史？」等諸如此類的說法。

這位迄今仍然飽受政治讒言蒸蝕的女作家，其實，對政治有著本能上的憎惡：民國成立，滿清遺老的腐敗固不必提；蘇州河的炮火更曾累得她和繼母衝突、被父親幽禁在家，差點送命（詳情請看《流言》）。後來到港大念書時遭逢日機轟炸，「炎櫻從容的潑水唱歌」，學生編入救傷隊，這種「人性呱呱叫起來」的「反高潮」，可能使她興致盎然，除了增添難得的作家經歷，畢竟這是最快樂的學生時光（那時恐怕還沒聯想到留學夢碎的嚴重性），因此描寫白流蘇香港冒險的〈傾城之戀〉，就成爲她極其少數圓滿收尾的作品。

張愛玲回到上海，初次揚名，這段經歷引發日後喋喋不休的爭議。當然不能說她喜歡「大東亞共榮圈」的政治氣氛，但上海的陷落無疑「成全了她」，交際往來的蘇青、胡蘭成，又都是敵僞文化要人……只能揣測她有小老百姓的務實，而政治不過是那麼回事兒，就像唱蹦蹦戲的花旦，離亂之中，一個女子總得安身立命地活下去。

抗戰勝利，胡蘭成、蘇青一個個消聲匿跡，地下共黨組成的文華電影公司，適時對張愛玲伸出援手。縱使不提這段唱和的經歷，筆者相信張愛玲對共產黨有一定的好感：陳公博、周佛海未能終結的那批封建魍魎，終於在中共建國後唱起了輓歌，因此促使她寫下〈小艾〉和《十八春》；但生存的本能，又使她敏銳地洞察「還有更大的破壞要來」，於是來到香江寫下政治歸屬完全迥異的《赤地之戀》和《秧歌》。歸化美國之後，終於逃離夾雜不清的政治爪牙，但她竟下嫁極左的賴雅；晚年又一度在柏克萊研究「中共術語」爲生——而這，當然又是提供反共政權的「敵情研究」。張愛玲的一生，正如同當時千千萬萬個中國人一樣，趨隨接踵而來的政治風暴擺盪，既不特別、也不反常。如果我們能更專注地鑽研她所留下的文學資產，也許可以跳脫政治好惡，從更宏觀的角度，得到更多的藝術啓發。

筆者極有興趣把張「左傾」和「極右」之作視作同一條脈絡研讀：因爲無論是左翼或是反共文學，兩者其實是一體的兩面，除了失眞的英雄主義，往往都是群眾文學。而張是一個非常自我、專注個別差異的藝術家，這和許多擅長塑造「典型」的革命作家迥然不同，也就注定了她無法借鏡的先天困境。從這點觀之不難歸納出：爲什麼早期動筆的〈小艾〉，文學成就最差；而最後的《赤地之戀》，精妙何在，也正是本文的主題。

〈小艾〉與《十八春》是非常道地的共黨文學。一般共黨文學的特色除了英雄主義、富群眾代表性和煽動力的無產階級人物，另一個就是描寫被壓迫的群眾心理。我們可以試舉同爲女性作家的丁玲爲例：其代表作《水》中根本沒有一個主角。主角是農民全體，水等同《白鯨記》中的莫比敵（Moby Dick），是反派、更是自然的考驗；而地主是災民後來「覺醒」、其實一開始就已被「設定」的萬惡之源。

〈小艾〉中的萬惡之源，就是「封建遺毒」，這使得作者因爲封建嫌惡拖累到她最精妙的冷靜客觀，而且靈感時有時無，甚至連「有所本」的男主角金槐（疑取材家僕「毛物」）也了無生氣。相形之下〈連環套〉之好（兩者都深受《金瓶梅》影響），好在霓喜這個渾人充滿「喧鬧下的悲哀」，張愛玲對那輪迴般的宿命一點都不同情，一再置諸死地，她又一再憑藉強韌動物本能生龍活虎地跳脫出來。〈連環套〉其實沒有傅雷所說的那麼糟；它最致命的弱點，是文字精練不夠，除了多處沿用《金瓶梅》和《紅樓夢》的陳腐敘述，許多地方（如開頭有意作爲對比的交響樂描寫）亦堆砌失節，如此一來，就喪失了張愛玲稱霸新感覺派的最大成因：機敏均衡。當年遠比張愛玲走紅的徐訏，是批張最厲者，他就曾說張「主題大同小異，筆觸上信口堆砌」。我們要明白，他所說的確是實情，但其間落差取決於審美觀的不同。以穆時英（張曾明寫熟讀其書，可惜汗牛充棟的「張學專家」似乎不爲所動）的《上海的狐步舞》寫華東飯店爲例：

二樓，白漆房間，古銅色的鴉片香味，麻雀牌，四郎探母，長三罵淌白小娼婦，古
龍香水和淫慾味，白衣侍者，娼婦掮客，綁票匪，陰謀和詭計，白俄浪人……
三樓，白漆房間，古銅色的鴉片香味，麻雀牌，四郎探母，長三罵淌白小娼婦，古
龍香水和淫慾味，白衣侍者，娼婦掮客，綁票匪，陰謀和詭計，白俄浪人……
四樓，白漆房間，古銅色的鴉片香味，麻雀牌，四郎探母，長三罵淌白小娼婦，古
龍香水和淫慾味，白衣侍者，娼婦掮客，綁票匪，陰謀和詭計，白俄浪人……

三樓四樓雖然一字未易，但正如拉威爾的《波麗露》，層次逐第綻放，神祕莫測，一而再再而三，而絕不讓人生厭。因爲這些文句所展現出來的節奏變化、色澤氣味，都將上海「建築在地獄上的天堂」那種突兀糜爛的病態官能，勾勒得如醉如癡。張愛玲文字節奏雖不如穆時英，卻更細膩繁複，且極喜穿插「用典」。用典的作用一來是隱語低迴，關乎身分教養；二來她是紅學信徒，此技正是曹雪芹嫡傳，同時展開反諷、襯底、暗示、解謎等各種效果。只是她在驅使這種堆疊文字的筆法之餘，相較穆時英，整個文體也更有尾大不掉的危機；但將《紅樓》讀得爛熟的她，狀況好時，能以流利過人的京片子將整個文句——包括奇突意象及生冷用字——緊密兜在一塊兒（這正是爲何筆者聽聞有人誇耀能以上海話來念張愛玲時不禁「拜倒」），在筆觸的行進中運用順滑至極的音韻帶起行文節奏。後輩學張，

或是張腔張調鸚鵡學舌貧耍嘴皮，表面練極而熟內裡卻空洞浮泛；要不就是文句堆砌過度卻瑣碎厭膩，無法前後映照、以聲韻統合，使得「張派」如今已不盡然是一種讚美。至於論者因此良莠不分一視同仁，或因個人好惡採行雙重標準，更屬當今文壇的不當怪象。

《十八春》寫得非常嫻熟，除了情節結構向美國作家馬寬德（J.P. Marquand）借鏡，又套用傳統話本才子佳人悲歡離合那一套模式。其實張愛玲設定的五個主角（包括慕瑾——即後來《半生緣》中的豫瑾），身分都有相當的戲劇作用。最後這一批癡男怨女了卻風月情債，有志一同，共赴東北走向無產階級的「相見歡」，卻是一齊看戲！讓人聯想到她所謂的、劫後餘生的蹦蹦戲花旦——此一意象之前已在流蘇身上用過，而非建設新中國。

談到「群眾文學」，主角的身分必須有相當的代表性，才能引發煽動和共鳴。問題是張愛玲以擅寫人物起家，她那些得力於「新感覺派」的象徵刻描最引人入勝之處，就是獨闢蹊徑與眾不同，若是「人同此心心同此理」，就喪失了魅力。〈小艾〉是失敗了，《十八春》採人海戰術，來自各階層的男女相互糾纏，非常成功，卻還不是群眾文學。《秧歌》無疑想塑造出幾位農民代表，向土改提出控訴，但最後卻是充滿小資產階級思想的月香脫穎而出，成爲整部小說搖曳生姿的英雄——張愛玲對英雄的定義是非常個人的，月香如同黃絹，是「張招」或「張牽」一類的女子。

相形之下，只有《赤地之戀》，是眞眞正正，塑造出大時代中三個代表群眾的小人物的故事。

這三個群眾，張愛玲都賦予可信的塑造，寫盡了他們的絕望和痛苦，也代表著人民的掙扎。其中劉荃雖然也有面目模糊的時刻，卻絕無金根之病（金根最動人處——比方幼年爲了避諱母親無米之炊，帶金花到野地去玩以忘懷飢餓——都是張自己忘情的「現身演出」）。

戈珊是象徵意義最爲明顯的人物——戈代表她天性好勝以及過去打游擊的經歷，但現在已是步入意興闌「珊」的中年。水晶在兩本書中之所以唯獨喜歡她，當然不是因爲「是有這樣一個人」，而是戈珊正是一脈相傳、張愛玲最擅勾勒的那種瀕臨瘋狂的女人：她是曹七巧、霓喜列寧裝的姊妹，她是拿起槍桿子的梁姨太。

黃絹是另一典型的張愛玲女主角，她美若天人，又擅作戲（假唱歌與寫信），這些都是流蘇以降「張派青衣」的一貫傳統：長安相親那天打扮得像葡萄仙子，葛薇龍和喬琪第一次會面的喬張作致，還有演戲演得自我陶醉送掉性命的王佳芝……作戲是一種天賦，當這些芳魂豔魄被推上愛情的戰場，她們無師自通地上演一齣齣欲擒故縱的戲碼。年輕時在情場上的冒險犯難，讓這些脂粉閨閣，能在往後的歲月回味一生。

她也是最善良的女主角。不看重愛情的流蘇（有人說她年老後就是〈留情〉中的米太太），根本不是范柳原的性靈伴侶，兩人之所以好事多磨就是因爲范柳原看穿了她不愛他。葛薇龍雖愛喬琪，但墜入風塵未嘗不是受虛榮所累；曼楨的遭遇坎坷，但從未爲愛情犧牲過什麼；長安相較之下更只能稱爲「一個美麗、蒼涼的手勢」。筆者反對水晶見樹不見林的推論之處，就是黃絹被戈珊推入火坑並非黔驢技窮，根本就是她的一貫手筆！戈珊固然如同曼璐，然而她不也如同梁姨太（對自己姪女逼良爲娼）、七巧（惡意斷送女兒婚姻）、霓喜（騎在女兒頭上打罵逼嫁），甚至張本人的後母——教唆、陷害她被幽禁！一個作家當然有自己持續專注的課題，這和「自我重複」是截然不同的；因此就黃絹、戈珊情感糾葛這條情節線，充滿張愛玲的思維、充滿張愛玲的邏輯，是百分之一百的「張愛玲」，更談不上什麼「授權」了。

黃絹在《赤地》版名叫 Su Nan，筆者看到英文時才省悟：若要顯現一個尋常女孩，爲何不是黃娟，而要叫黃絹呢？黃絹典出自於曹娥傳說：東漢孝女曹娥，上虞人，父溺江中，尋屍不得，時娥年僅十四，沿江嚎啕，歷十七晝夜不捨，終跳於江。五日後抱父屍浮出，就此傳爲神話。當時縣府知事受命立碑紀念，遂由邯鄲淳作誄辭頌揚。後書法大家蔡邕遭讒罷官，亡命江湖，路過會稽，特地造訪。當他來此參拜之時暮色蒼茫，邕以手觸碑閱讀，既感於文筆生動、又驚於渾厚書法，特地題下「黃絹幼婦，外孫齏臼」（絕妙好辭）而去。張替這名「少女」取名「黃絹」，由此可見，其姿容有多麼「妙絕」！

中文版寫黃絹最後充當情婦救回劉荃，劉萬念俱灰從軍，在韓戰後竟又自願重回大陸。這段情節讓很多人摸不著頭腦，甚有誤認作「反高潮」的，導致在台被禁多年；如果讀英文版，就完全迎刃而解：Su Nan 作了情婦後因爲懷孕被棄，她只好墮胎（張愛玲鉅細靡遺地書寫所有的臨床細節），手術失敗，死訊最後輾轉傳到劉荃那裡。黃絹死而後已，其慘不亞於身後尚且抱父屍浮江的曹娥；劉荃既是「一屍兩命」換來的，那是天大的恩情，因此他只得像月香一樣，回返故里爲另一半報仇。而且我們可以預見的是，他的結局也必定如同月香，最後僅以身殉。

至於劉荃回返中國大陸，還有一層更深沉的意義：戈珊主戰，代表的是「性」與「占有」；黃「絹」是化干「戈」爲玉「帛」，代表的是「愛」與「犧牲」。那麼劉荃呢？荃非日常用字，但中國人常取其爲名，它是一種香草，用來代表君王，因此可以得知劉荃同時也是個象徵性的人物；民爲邦本，它代表中國人民的主體意識：他們的意欲、他們的良心以及他們可能掀起的群眾革命。

從這個角度觀之，就不難解釋中文版《赤地之戀》開頭第一句：「黃塵滾滾的中原。公路上兩輛卡車一前一後，在兩團黃霧中行駛。」「中原」這個專有名詞用在這裡極不自然；爲何不用黃塵滾滾的「大地」，抑或「土地」？然而兩岸讀者都知道：政權爭奪自古以來就有「逐鹿中原」的說法；因此張愛玲在英文版不得不詰屈聱牙地強調：The Central Plain because it was considered the center of the world, surrounded by barbarians.（中原自古被視爲世界的中心，被蠻夷之邦圍繞）；而這立刻和書名產生了諷刺性的對比：Naked Earth——中原已成赤裸裸的荒蕪大地，而非中文版易予人錯覺的「紅色中國之戀」（注）。

從技巧上比對《赤地之戀》和《秧歌》，同樣有意義。《秧歌》先以英文寫就再改寫回中文，因此觸發張愛玲的文字大革命——論者普遍推崇簡潔而平淡自然，迴異於上海時代的她。筆者推論這其實並非張愛玲有意爲之，英文美學與中文不同，她初次寫英文小說，最便利的方式就是回歸最熟悉的英文文體——聖經（別忘了她在聖瑪利亞女校的學生歲月），而且言簡意賅的風格，也恰恰可以借鑑彼時走紅的海明威潮流（《老人與海》是其翻譯時代唯一推崇的作品）。在金花和丈夫竹筏運屍一段（中文版刪去），用字簡單，純粹的描述，不流露任何情感在字裡行間，偶爾還是看得出中式英文的痕跡。

到了《赤地》，由於文體回歸到中文美學的思維方式，因此翻成英文的過程中，就不免有削足適履的困難：前述「中原」即爲一例；但張畢竟是天才作家，善於吸取經驗，之前金根譯成 Gold Root、金花譯成 Gold Flower、周大有譯成 Plenty Own Chou 這種吃力不討好的事就絕不再犯——英語讀者恐怕很難理解 Plenty Own 作爲姓名的用意。在另一方面，張愛玲有時也「反其道而行」，藉由中式英文渲染東方風味。比方過黃河鐵橋一段，Ai-yo（噯呀！）Tung asu le（燙死人！）Hao chia-huo（好傢伙！）Hsiao-mieh shih-ku（消滅事故）都是狀聲辭、完全不作英文解釋，讓讀者感受到荒謬陌生的恐怖氣氛。附帶一提的是：Hsiao-mieh shih-ku（消滅事故）這類口號的採用，可能促成日後她到柏克萊研究「中共術語」的契機。

《秧歌》的農民代表性不足，最活靈活現的幾個人，月香已不必提，譚大娘更像上海弄堂間的老虔婆。《赤地之戀》卻非常不同；除了題材上的對比——《秧歌》寫南方土改，而《赤地》書寫北方，三反、韓戰的時代背景以揭露政治運動的黑幕，三位主角都有很濃厚的象徵性及群眾代表性。再如《秧歌》塑造顧岡這個體驗農村找靈感的作家，諷刺過於露骨，階級的對比性亦未凸顯；《赤地》乾脆以一群知青下鄉爲主軸，透過他們的眼睛看農村，避開作者不擅長的農民正面描寫，使得唐占魁和二妞的塑造都更爲可信。此外，在《赤地》中土改只是楔子，眞正引發天怒人怨的主戰場拉回作者最熟悉的上海，最後又開拔到韓戰，場景的設計，亦可看出其設計確實匠心獨具。

新感覺派著重的是文筆美感和技巧的展現，張愛玲的少時習作〈霸王別姬〉，就有施蟄存、鄭振鐸等人歷史新詮（不是郭沫若等亂無章法、充滿政治意圖的新「編」）的影子。她不著眼於去編出「新」的故事，相反地就同樣的故事：敘事的姿態、訴說的技巧、氣氛和色澤的掌控才是更重要的；像《金鎖記》從《紅粉之淚》、《北地胭脂》到《怨女》，同樣的題材，最起碼就寫了四遍。她的小說開場常常運用了幾百年來一脈相傳的話本傳統，只不過把「話說……」改成載浮載沉的茉莉香片、煙魂裊遶的檀香爐，像是端詳水晶球的巫女。那姿態，未嘗沒有故弄玄虛，但卻充滿了復古的時尚，在末世的摩登上海娓娓道來，這也正是「新感覺派」的精髓。張愛玲曾說她的故事差不多是「有所本」的，《對照記》的問世更是鐵錚錚的佐證，因此她寫作的專注層面就此應該已是「無庸置疑」的了。

「新感覺派」是民國三十八年以前就已在上海消失的文派，集其大成的張愛玲，能夠成爲最後一個大師，絕對不是偶然。雖然張愛玲特異的文風日後又形成「張派」，從台灣宣揚至全世界；可喜的是，隨著張愛玲熱，「新感覺派」的精髓終究在台灣、東南亞乃至現在內地文壇復辟。新感覺派名雖不存，二十一世紀的華文文壇，卻多的是它的再傳弟子。

二〇〇六年九月《印刻文學生活誌》

注釋

純以取名品相看：《赤地之戀》當然不若《赤地》——可是當張愛玲開始撰寫中文版的《赤地之戀》，陳紀瀅的《赤地》已經轟轟烈烈展開二度連載。張愛玲是否因爲撞名將《赤地》更易爲《赤地之戀》，在兩位小說家皆已辭世的情況下，恐怕要向當年美新處、天風出版社的工作人員尋求解答。

後記

新感覺派裡穆時英、施蟄存（雖則自認並不屬於該派——精確的說法其實應爲不侷限於該派）賦予張愛玲的啓發是顯而易見的：穆時英帶來城市速寫的時尚感與感官刻描，還有施蟄存以深厚古文素養勾勒異教徒色彩和佛洛伊德心理分析，都是張愛玲日後享譽不衰的法寶。在〈跋〉中提到：爲了避免不必要的三、四手傳播——光是胡蘭成的二手揮發就已夠瞧的了——個人多年來鮮少閱讀此類文章；這次完稿後才又去搜羅一堆，比對現今的研究進度爲何。令人毛骨悚然的是：萬燕在〈算命者的預言〉（二〇〇三）考證出張愛玲在鳳藻畢業紀念冊替全班同學畫像預測未來，有的開飛機有的當大使甚至有人拿諾貝爾文學獎……而她給自己的畫像卻是——點著一爐檀香、雙手感應水晶球的預言者！

我爲當年的第六感感到詫異，也爲張愛玲的往後發展慶幸——那位眼巴巴看著同學文名溢美的小孤女，終於成爲文學史上炙手可熱的大文豪！天才多出於未名，而我們畢竟沒有錯過張愛玲！

從金大班到尹雪豔

探尋上海人的風塵身世

「自古俠女出風塵」，風塵是每個城市的風景，在流光歲月的嗟嘆中，時代的吶喊震得人心都聾了，孤絕放縱著親密關係的傷口；風塵是紅塵顧盼的一抹心事，風塵照映著歲月的臉孔，這個原始的行業，在時代的驟變中，努力承載亙古不變的輓歌，在變裂衝突裡，幽幽吟唱粉眉翠黛的婉轉嬌柔。

風月歡場即為戰場

陸小曼、藍妮、顧蘭君、北平李麗這些社交場合的名女人，是上海風華中相當特別的一部分。創作習性偏愛靈肉衝突的小說家白先勇，顯然對這個舊時代的風花雪月充滿了特殊的關注，在他的筆下，交際花、夜天使彷彿都粉肉重生、靈神活現地復甦在台北的社交場合。

米高梅、仙樂斯、百樂門這些香豔的名字說明了上海永遠在歌舞昇平中；華洋雜處的租界匯集了各路人馬，出身不同卻爲了同樣的生意經，交際應酬，乃至於倚紅偎翠就成爲「賓主盡歡」的必然之惡。白先勇在著名的懷舊小說集《台北人》中，勾勒出這些播遷來台的上海遺族在新的世界中依然浸淫過去的世界，有的重施故技、拒絕面對新的時勢，有的頹然仆倒、試圖抓住最後一根稻草安身，也有的在汰舊的洪流中幾近沒頂，金大班、尹雪艷，甚至朱燄，這些在新世界茫然失措的人鼓足僅存的尊嚴繼續漂泊，構成整部《台北人》最動人的篇章。

玉觀音對上女菩薩

凡是看過《台北人》的讀者，想必都會同意金大班是其中數一數二的突出人物，一來該作通篇熱鬧緊湊，襯著金大班大呼小叫的撒潑形象看得很是過癮，二來金兆麗異於〈花橋榮記〉、〈一把青〉等三姑六婆、年華傷逝的口述者，她風韻猶存（當年滬上數一數二的舞場名花，較諸尹雪艷顯然要走紅得多），活色生香，有數不盡的春情韻事，又有喳呼計較的性格，討喜非常。金大班花名叫玉觀音，取其肉身普渡眾生之意，這個挑逗的渾號每每讓讀者讚嘆難爲白先勇怎麼想得出來！不過筆者必須說，這個構想不是原創，顯然出於白光的名曲：〈我是女菩薩〉。

你是虔誠的和尚，我是莊嚴的女菩薩，我們朝夕相見面，眞像是一家。
我們心相呼應，可沒說過話。你對我焚香禱告，你給我披金插花，到底是爲了什麼，你坦白的說吧，別等我向你傳神，別等我開口說話，因爲我是女菩薩，眞正的女菩薩，你是心誠則靈，我是有求必應，可是我不能說話，可憐的和尚，因爲我是女菩薩。

這支歌的靈感，必定和民初蘇杭等觀光景點有許多不乾不淨的小庵有關；蓋當初生活凋敝，知識並不普及，許多糊裡糊塗就出了家的小尼姑（這種人當然不配尊稱爲比丘尼）爲求溫飽走上這條路，被風月場所寫成「有求必應」取笑也不足爲奇。當然，「玉觀音」的封號對佛門不敬，但對要解讀金兆麗胡攪蠻纏的讀者，探究這首歌卻是不可或缺。

筆者如此斬釘截鐵並非空口無憑，因爲足以對號入座的線索在整部《台北人》中俯拾皆是：「尹雪豔」之名令人不得不聯想起曾和名淨金少山有一段情的舞女「衣雪豔」；〈滿天裡亮晶晶的星星〉裡的默片紅星朱燄，分明結合了阮玲玉前後任的搭檔朱飛和金燄；〈一把青〉裡的朱青，白先勇直截了當就形容她有「白光那股懶洋洋的浪蕩勁兒」；〈遊園驚夢〉中非但夫子廟歌女藍田玉和影星王熙春出身相似，連驚鴻一瞥的張愛雲也和著名程派青衣章遏雲名相彷彿；白先勇不單請到老上海的名流薈萃在《台北人》中粉墨登場，連〈孤戀花〉中日據時代的老樂師林三郎，也宛若歌謠作家楊三郎投影託生。

上海名流爭相登場

白先勇之所以在《台北人》中運用這麼多老上海的一鱗半爪，其一他畢竟對上海驚鴻一瞥，十里洋場只是一種浪漫的遐想而已；這種遐想可能是敦促他寫作的動力，但畢竟受限年紀及經歷，就算再有天分、想像力再好，適時台北仍有許多老上海，以他一個乳臭未乾的毛頭小子怎能服人？惟有大量運用這些眞正的史料，方可塑造出一種「風月憶往」的舊時氛圍；其二在於他和曹雪芹、張愛玲等傑出名家一樣，擁有極端敏銳、甚至一般人無法察覺的「聯覺」（Synesthesia），可以不自覺地憑藉著聲韻（許多信手捻來、甚至像張愛玲在〈連環套〉中隨手堆砌的辭彙都有自然偕韻效果）、意象上的第六感，產生渾然天成的效果。像〈金大班〉中的任黛黛、潘金榮（黃金榮），他們的名字自然有那時海派紙醉金迷的氣燄和熱鬧；〈歲除〉中打過台兒莊大捷的賴鳴升，不動聲色地就讓人想起叱咤風雲的賴名湯將軍，節省了鋪陳勾勒的筆墨。

縱觀整部《台北人》，寫十里洋場最多的就屬〈金大班〉與〈尹雪豔〉，因此這兩篇小說引用的舊人舊事也最多。尹雪豔原本在百樂門是個獨樹一幟的舞女，來台後升格成爲近似《日出》陳白露、〈第一爐香〉葛薇龍的交際花。她和金兆麗的大風大浪截然不同；歐陽子就曾點出尹雪豔顯然是死神，她的「雪」之冰冷肅殺更甚於薛寶釵，在上海灘時已然風雷蓄隱，來到台北，因爲海外孤臣孽子的「冤孽」，面臨這樣時局的浩劫，死神的威力就更加彰顯得出。

衣雪豔與美豔親王

眞實世界的「本尊」衣雪豔雖也命中帶煞，但顯然比不上白先勇筆下的尹雪豔如此「法力無邊」。衣雪豔是個名不見經傳的舞女，她姘上名淨黑頭金少山，有如「法寶被髒東西破了一樣，金少山從此日漸褪色」（劉嗣著《國劇角色和人物》），曾經以一齣《霸王別姬》和梅蘭芳分庭抗禮的這個金霸王，聲勢也就從此江河日下。其實白先勇取決衣雪豔、任黛黛這些人，與其說受吸引，不如說是著眼於花名，正如同張愛玲看到柴鳳英、茅以儉等小家小戶之名見獵心喜一樣（從他們喜愛之名可以一瞥不同的品味與文學理念）。任黛黛在白先勇的筆下是個心眼褊狹、在百樂門風頭遠不及玉觀音、尹雪豔的二牌舞女，但在現實生活中她是不折不扣的愛國志士，企圖暗殺日本大佐反慘死於揚子飯店，只因姓名鶯燕粉黛之累，在白氏筆下竟變成善妒好鬥的丁香美人。

另一個遭到白先勇引爲己用的人物是美豔親王劉喜奎，她是一個聲名狼藉的海派坤伶，以色代藝、將南下登台的「伶界大王」譚鑫培打得鎩羽而歸，及嫁財政部參事便消聲匿跡，無復消息。根據民國十五年出版的《京劇兩百年史》記載：劉喜奎「豔如桃李，冷若冰霜，容姿之美，足以與梅蘭芳並稱。」民國三、四年間入京，引起老莊學者劉少少、參謀次長陸錦、名士易順鼎、參謀本部第二部長崔承熾及有名的「辮子軍閥」張勳競相一親芳澤。好事者稱「男中梅蘭芳，女中劉喜奎，色藝雙絕，金童玉女，實天上人間，一對佳配。以之結婚，可謂珠聯璧合。一時北京喧傳，似將成眞。」事實證明，爲整個梅劇團馬首是瞻的梅派祖師爺絕不會容許有風頭如此之健的配偶。不久梅蘭芳遂轉而和聲名潔身自好的坤生孟小冬結婚，或許孟小冬終究也太過知名，最終還是歸於杜月笙。據聞這場劉喜奎的「逐鹿之戰」最後由崔氏勝出，陸錦竟因失戀而免崔職。根據《春申舊聞》記載，「勝利後北平有盜入崔姓家，一婦茹素事佛、撫育三兒，待報載，始知劉喜奎尚在人間。」如此神龍見首不見尾、出沒於野史的遜位親王傳奇，自然不會被白先勇放過，寫成「供了兩尊翡翠羅漢」的「大佛婆」吳喜奎啦！

阮玲玉的前後搭檔

那年頭，中國剛開始有了電影，因此癡男怨女的風流冤孽，也就從夜夜昇歌的舞榭樓台，移轉到遙掛天際的銀河；《滿天亮晶晶的星星》便是敘述一顆星星如何墜落到新公園滿承淫虐淵藪的故事。默片時大明星朱啖憑《三笑》紅遍半邊天，可是有聲片一來，他就沒落了。他只從民國十九年紅到廿一年，最後演的《洛陽橋》一敗塗地，不得不改行當導演。後來他愛上一顆新星姜青，傾家蕩產重拍《洛陽橋》，在大光明戲院開演那天，「路上交通都擠斷了」。

不料姜青不聽朱啖的「忠告」，走紅後愛上一個叫林萍的女星。某天兩人乘坐朱啖送的跑車出遊卻出了車禍，結果姜青在「啖」火中燒成一塊黑炭，「那個小妖婦」非但毫髮無傷，而且彷彿竊取姜青的天才，扶搖直上地變成影壇的大紅星！

朱啖和姜青幾乎可以對號入座便是朱飛與白雲，實際上他們的經歷和小說恰恰顚倒；朱飛在民國十七年和上海最大牌的兩大女星阮玲玉、胡蝶合演《白雲塔》攀上巓峰，但因私生活不檢點（包括和阮玲玉的戀愛糾紛）慘被公司開除。事情的經過是朱飛在與阮玲玉合拍《白雲塔》的時候與阮分分合合，待《梅林緣》開拍明星公司偏又要兩人搭檔演出，在這種情況下兩人不僅工作態度不佳，還常在攝影棚中吵架。某次兩人又「舊戲重演」，導演張石川當場破口大罵，朱飛認爲張石川不給面子，第二天剃光頭抗議。由於當時還未有「頭套」之技術，剃光頭根本就不可能連戲，張石川在震怒之下當場停拍《梅林緣》，並宣布解聘朱飛，阮玲玉則慘遭冷凍。阮玲玉隔年跳槽，並在聯華公司和金啖搭檔，開始其偉大的演藝生涯，但朱飛的聲名從此一落千丈。當他無戲可拍，吸毒慘死時年方三十一歲，正是阮玲玉橫掃中國影壇的時代。朱飛的名作包括《空谷蘭》、《火燒紅蓮寺》等，猜猜看他在十七年還和阮玲玉合演過什麼片子？正是《洛陽橋》！

白雲金燄以及朱飛

朱飛雖然聲名狼藉，但從未在公眾傳出什麼同性戀的流言，他的事蹟之所以被白先勇看上，一來有若彗星一瞥驚鴻而逝的傳奇性（這點等同死於飆車車禍的詹姆斯狄恩——另一個有同志傳聞而被白先勇「借用」事蹟的大明星），其次基於那時墮落風尚的代表性、再者也可能是他的花名在外所帶來的一種浪漫的聯想；不過，白雲可就不同了！白雲（此藝名是否出於私自心儀《白雲塔》？）民國廿九年因與周璇合演《三笑》一舉成名，由於正值上海孤島時期，人心苦悶，專演偷香竊玉、風流小生的白雲就成爲有別於劉瓊、梅熹等「正統小生」的師奶殺手。白雲本人和那些崇拜他的妻妾姨太一樣，擁有數不清的風流爛帳；上海時代曾經入贅哈同花園迦陵夫人女婿，和京劇名伶言慧珠的韻事也是人盡皆知，根據顧正秋新版回憶錄《休戀逝水》所言：某天下午她去揚子飯店找言慧珠「才發現房裡還有一個人——大明星白雲！他倆都穿著睡衣，剛起床的樣子。」顯見兩人那時正在同居。據顧正秋回憶，「白雲很白，有點脂粉氣」，而言慧珠「一團火似熱愛著」他，但白雲對她似乎「若即若離」。言慧珠出身京劇名家，高眺豔麗的外型當年可謂紅遍大江南北，以其才貌（公認學梅最神似者，爲當年追隨梅蘭芳之第一把交椅）卻在情場上鎩羽而歸，事過境遷後才知道原因出在白雲！在三十八年後白雲特殊的「癖好」逐漸在香江電影圈傳開，根據李翰祥在《銀海春秋》一書所言，「白雲生得雄偉、英俊，若不是鮑方告訴我他老兄的毛病，我還眞不相信……」。鮑方，香港名演員，早期在林黛成名作《翠翠》中演溫文爾雅的老大，儀態、風度均遠勝嚴俊（看起來起碼老了近十歲）扮演的老二。該片改編自沈從文的小說《邊城》，雖然改編後原著的文學意境大減，但執著樸質的情感卻刻畫得很深：兩兄弟因先後愛上翠翠而不得不退讓遠颺，讓林黛扮演的翠翠傷透了心。在演完這部影片後鮑方因轉往左派長城公司拍片而逐漸爲台灣觀眾淡忘，但他在香江從年輕演到老，戲德、素養均爲同行所讚服，其子鮑德熹還憑《臥虎藏龍》獲得奧斯卡金像獎最佳攝影，李翰祥繪聲繪影描述白雲向他求愛的經過，出自其親口應爲可信。總之，白雲後來終因「不明原因」傷了臉，從粵語片一路演到廈語片。一九六五年白雲赴台改行經商，他是否曾至新公園「出征」？我們不得而知。根據影史記載，白雲最後淪落到日月潭畔自殺。

許多批評家喜歡將白先勇的小說導引至靈肉兩元對立的衝突，筆者並不持如此單純的看法；實際上無論是靈性的青春或是肉欲的淪落，同樣代表對情感的「背叛」（從〈玉卿嫂〉的慶生到姜青、月如、鄭彥青等無一例外）；在情海翻攪一世卻孑然一生，才是白先勇認定的悲劇所在。我們可以舉同期寫作的〈謫仙記〉爲例：李彤的悲劇不在於她喪失美色與青春，生命無所寄託茫然無所終才是最後她跳水自盡的原因。白先勇在這裡再度玩了一次姓名學，彤，如朱如醱，是無從皈依的欲火、也是對苦悶憤怒的生命之火，跳水自盡，象徵生命的火光，在蒼茫人海中撲滅。

如果我們簡略認定白先勇筆下的人物沉溺於欲念應該不算褊狹；像章遏雲幫助抗戰敵後工作被彭歌寫成氣韻悠長的《落月》，徐訏《風蕭蕭》中白蘋與梅瀛子理想化地與日僞周旋，乃至於《藍與黑》中過於傳奇而失眞的唐琪（在書中紅遍京沽的她其「德行懿芳」卻宛若風塵聖女），在不同的愛國小說家筆下都有其光風霽月、冰雪情操的描寫，而白先勇硬是反其道而行，在那個「生聚教訓」的年代將任黛黛火山報國「矮化」爲舞女從良，可見出身軍人世家的他自有其冷肅蕭然、視冠冕堂皇爲糞土的一面。這不單單是反抗那個貧困社會所依循奮發的道德價値，而且欲念的禁錮讓白先勇面對人性先天的本能更增添了無法抑止的渴望。也就是說，當白先勇的同學追求形而上學、不斷模仿西方經典鍛焠形式和精義將作品辯正得玄之又玄的時候，他卻轉而以寫實的思維來充塡作品的血肉。

白先勇中文血源師承自《紅樓夢》等才子佳人章回小說，西洋技法又受到彼時最爲風行的佛洛依德、田納西威廉斯等「靈肉派」著作啓發（只要比較與他同氣連枝的王文興、歐陽子同類作品即可得知；附帶一提，這可以間接證明爲何歐陽子描寫此類情欲作品斧鑿痕跡較重，以及著名的評析經典《王謝堂前的燕子》受限於她本身侷限而未盡善），再配上「天賦異稟」的冤孽情欲（在當時保守的社會中感情受到壓抑，戀情沒辦法見光，反而越發波濤洶湧不可抑遏，必須藉由寫作等管道抒發），因此自然而然偏好這類在情場上「呼風喚雨」的女人。她們以美貌、手腕，以及開門見山的管道（即犧牲個人自尊的職業）不斷征戰，唯一能阻止她們在情欲戰場上繼續予取予求的就是歲月摧殘，使她們喪失了年輕貌美，也喪失了尊嚴，只有在回憶中玩味。白先勇是個老電影迷，慣常在銀幕上扮演這類女人的在外國有梅惠絲、瑪琳黛德麗，中國則首推白光！越是涉及到這類角色、這類場合，白先勇寫得越是興味淋漓、心蕩神馳。根據白光先生顏龍對筆者親口所言，白先勇在白光生前曾專程拜會訪問這位中國影史上開天闢地的「一代妖姬」，白光在他心目中的重要性由此可見；因此我們不妨特別分析這位縱橫整部《台北人》的紅塵尤物，看看她和全書一字排開的瑯環粉黛相互比對的前世今生！

白光的東山一把青

東山哪一把青，西山哪一把青，郎有心來姐有心，郎呀咱倆好成親。
今朝呀鮮花好，明朝呀落花飄，飄到那裡不知道，郎呀尋花要趁早。
今朝呀走東門，明朝呀走西口，好像那山水往下流，郎呀流到幾時方罷休。

這首歌出自於《血染海棠紅》，白光在片中扮演義賊海棠紅（嚴俊飾）的妻子，是個自私自利的女子。她只顧自己的青春（今朝鮮花好），而且水性楊花（飄到那裡不知道），害得丈夫鋃鐺入獄。如果不去探究歌詞，甚至不了解電影的情節，一定會對〈一把青〉的主角朱青作出錯誤的解讀；換言之，從表面看朱青先後遭逢郭軫、小顧失事是時代的悲劇，是空軍軍眷的宿命，她不得不以今朝有酒今朝醉的人生哲學不斷墮落（歐陽子、葉維廉都是這樣分析）；實際上眞正分析過文本，才知道她根本就是尹雪豔、林萍者流，表面無辜，命中帶煞！若給沾上，饒是生龍活虎的小伙子，也非死即傷！

當然，我們不可就此忽略了作者基本上對朱青命運的悲憫，朱青之名就如同寶玉兼具寶黛意涵一般，融合了朱燄的「朱」（熱情與欲望）與姜青的「青」（美與青春），她的悲劇建立在她個人命中注定（Predetermination）的冤孽（Curse），近乎超現實（Supernatural）的詛咒，不是可以用理性（Rationality）去分析、克服的。

歐陽子在〈一把青研析〉的結尾對〈東山一把青〉這首歌僅以「俗不可耐」一詞帶過，顯現出她在那個普遍窮困的年代，一位接受高等教育女性對通俗文化的精神潔癖和優越感。問題是白先勇本人非但並不嫌惡這些春夢婆的風塵粉味，還對這種探索樂此不疲；這一錯失使她完全沒有意識到「一把青」的篇名出自「東山一把青」的用意，當然更別提原唱白光嫁了個飛行員然後又婚姻觸礁的佚事了。只要試想：以白先勇彼時文筆之節制精道（他接受過比張愛玲更爲嚴酷的英美文學訓練），爲何要在短篇小說的篇幅中不憚其煩地引用整首歌詞？就知道這其中必有深意。一把青的「青」（同時也是姜青、朱青、鄭彥青等人之青〉，歌詞原意指的是一把青絲，然而實際上指的是青春。青春在〈尹雪豔〉中是停滯的、並不存在的東西，在〈金大班〉中卻是早已流逝、亦不存在的東西，唯有在〈一把青〉中，上半部書寫青春之青澀，下半部描寫春光之流逝，強烈的今昔之比。

青衣祭酒遏雲女史

〈遊園驚夢〉是整部《台北人》中篇幅最長、結構最複雜的一篇，因此它所採用的意象和典故也較繁複難解。其中張愛雲扮演「洛神」的情節就是其中一個例子：年華傷逝的章遏雲是程派、但《洛神》卻是梅派戲，因此我們知道白先勇一連用了兩個典；在當時來台有數的名伶中，金素琴、顧正秋是標準的南方坤旦，她們並不時興演唱崑曲，在藝事的正宗與典雅上無法和京朝派的章遏雲相比。再者《洛神》眾所周知，是叔嫂相戀的淒美故事，曹植在夢中與甄宓相會正如同杜麗娘在夢中與書生柳夢梅纏綿一般，是個疑幻似眞的春夢，這和隨後展開的漫遊意識（藍田玉回想起她在南京和參謀鄭彥青的不倫關係）相互應照，產生了一種迷離的神話效果。

當然最明顯的一點，章遏雲輩分高，牌子老，就算她做表再細緻、唱腔再正統，在台重披歌衫，自然敵不過彼時顧正秋等色藝雙全、嗓子衝、調門高的後輩。小說家的筆總是銳利的(尤其是以「青春」爲標榜的白先勇),錢夫人的色藝鬆弛,乃至於錢夫人所象徵的文明沒落宛若春夢了無痕(這點頗爲雷同田納西威廉斯筆下的《欲望街車》和《羅馬之春》),就毫不容情的顯露出來。儘管筆者相當佩服白先勇以藍田玉象徵曲藝文化、甚至整個華夏處境渾然天成的用心,但由於錢夫人的悲劇在於她要做一個正派的女人、有其矜持顧忌沒法像金大班恣意追求欲念的滿足——這和崑曲的復興拉扯上關係就不免引發部分人士的爭議。在白先勇筆下,要追求情欲總得拋棄做人的尊嚴和矜持(這往往又被某些不求甚解的論者褊狹地和靈性畫上等號,而且如同錢夫人無權無勢的身分,這些所謂的尊嚴是一個鏡花水月的空殼),不論男女(如〈花橋榮記〉的盧先生、或不屬於《台北人》系列的玉卿嫂),總會身敗名裂!這種類似閹割的恐懼形成了白先勇文裡文外一個有趣的連結——性等同於恥辱和恐懼;但像白光、梅惠絲等在情海闖蕩、喪盡尊嚴與青春後卻慨然承受的滄桑,這種春夢婆般的滿足和嚮往,卻變爲白先勇前期作品的基調;等到他終於「破繭而出」,後期作品就再也不像早年那樣膾炙人口了。

上海風華前世今生

文學作品通常都有其獨立性與神祕性,且不說其來源材料,有時甚至連作者都未必能置喙文評的解讀；但是由於時代的隔閡與變遷，加上個人品味體會的差異，往往足以使一件藝術家的心血在某些人眼中變成糟粕。在今天，整部《台北人》的評析已經出現相當多的錯謬誤解，因此筆者殫精竭慮考證這些人物，試圖指出白先勇創作時隱前歇後的意涵。這種筆法在從前舊章回小說中屢見不鮮，《紅樓夢》就是最好的例子。筆者寫出所知的上海風華，希望讓新生代的讀者更能了解到這部作品感傷與憑弔的氛圍，從而更進一步領略這部作品的價值。

時序邁入二十一世紀，不尊重背景、不亟圖了解的顛覆與歪讀已經成爲後現代風潮不少論者引領風騷的姿態，文論、樂評的斷垣殘壁令觀者觸目驚心。然則筆者必須強調，在告別二十世紀、回顧這位可能是台灣最富代表性的小說家時，惟有全然的了解才能代表我們作爲一個讀者的審慎與尊重，也是文化得以繼續累積的基石。

二〇〇一年十二月七日《中央日報》副刊

注釋

①華文小說喜用名人入文從《紅樓夢》（所以會有蔡元培、潘重規等這麼多索隱派）以降已成一項傳統，最經典的作品就是將賽金花、李鴻章及張愛玲祖父母等人「構陷入文」的《孽海花》；民初演藝界被寫成通俗小說的包括描寫高三奎劉漢臣和軍閥褚玉樸的姨太太苦戀的《秋海棠》，褚玉樸

另一侍妾的故事也被白光改拍成電影《鮮牡丹》。

② 白先勇借用名女人形象的「習慣」不僅限於《台北人》系列，《謫仙記》中的李彤聰明任性宛若影星葉楓，遊戲人間、充滿了華人漂泊的苦悶。蔡康永在〈天使與觀音〉（一九九四）一文中寫道：「……白先勇把我找去聖塔芭芭拉寫劇本的時候我仍能無比眞誠地陪同白老師惋嘆這部片子拍晚了，這篇小説寫晚了，否則葉楓絕對是女主角李彤的化身……」葉楓在銀幕上的佻達嬌蠻承楊耐梅以降的戲路，她的絕代風華是台港影壇「後上海時期」最令人難忘的身影之一。又，白先勇本人即出身世家，對於穿鑿附會、言之鑿鑿名人軼事的愛好其來有自；白父白崇禧將軍，爲桂系陸軍上將，抗戰勝利後出任首任國防部長爲其最巔峰。

③ 筆者願以北歐與希臘神話兩種截然不同的美學標準來説明白先勇的文學氣質與理念：在北歐神話中美神富萊亞手植保持青春的金蘋果供神界服食，因此美正代表著無瑕和青春；但在希臘羅馬神話中維納斯卻是私生活不檢點、韻事頻仍的愛與美之女神。這兩種迥異的取決構成白先勇作品中基本的衝突。

④ 白先勇在書中提到上海的舊人舊事，除了白光與朱飛、白雲之外，九成出自於陳定山的《春申舊聞》，這當然不是一個巧合，而是這本書中所寫的「上國際飯店屋頂花園進宵夜」、「九天貓女白虎轉世」、「到惠而康吃炸子雞」等，顯然是他那時所能找到最翔實的資料；除了這本補充白氏「上海經驗」最重要的養分，本文參考書目尚包括：

《京劇兩百年史》　鹿園學人譯著（一九二六）

《激流怎能爲倒影造像》葉維廉著（一九六八）
《龔稼農從影回憶錄》（一九六九）
《國劇角色和人物》劉嗣著（一九七二）
《王謝堂前的燕子》歐陽子著（一九七六）
《章過雲自傳》（一九八五）
《話說中國電影歌舞憶》（一九九四）
《白先勇傳》王晉民著（一九九四）
《銀海千秋》李翰祥著（一九九七）
《休戀逝水——顧正秋回憶錄》（一九九七）

輯三

新感覺派與左右共治電影時代

鋼筆與口紅

女作家三畫像

有一位「文享」先生，寄給記者三張漫畫像，畫的是目前活躍在上海文壇的三位女作家，對於畫，記者是外行，可是所畫的三位，記者都是認識的，因此接到這三張畫，便直覺地覺得「有神氣」（也許她們自己倒並不覺得）因此刊在這裏。這位文享先生大概是漫畫界的舊人，可是問漫畫界的人，他們都說不認識。原涵如下：（右上）事務繁忙的蘇青，（右下）弄蛇者潘柳黛；（左上）奇裝炫人的張愛玲。

女作家三畫像：蘇青、潘柳黛、張愛玲

張愛玲的荒謬劇場

《赤地之戀》第五章

長久以來，英文《赤地之戀》是張學研究者口中的「傳說」。筆者能見到此書，出於友人吳雅慧所示，這個版本的封面和市面所見皆不相同，版權頁標明根據一九五四年十月香港天風出版社的中文版、一九五六年由張自己翻譯完成，不可在大英帝國、加拿大及美國販售。由此可見《赤地之戀》最初希望在這些地方出版卻未能如願，友聯先印行只是權宜。英文本厚達三百六十五頁，是張愛玲最後一部原創性長篇。

弔詭的是，該書雖然等於承認友聯擁有美加、大英帝國以外全部地區的英文版權，但該出版社的所在地：香港，當時卻又隸屬於大英帝國；是否就因這層夾雜不清的關係，使得該英文版迄今無法重見天日？這個問題，恐怕得仰賴有志之士從中奔走了。畢竟在「張學」浩瀚的研究成果當中，《赤地之戀》的區塊仍舊相對貧瘠；試問：如若對《赤地之戀》的理解出現誤差，如何能對張愛玲一生的創作意欲下定論？更遑論等而下之、對其充滿情色性的偷窺凝視和論斷！另一方面，張愛玲的外文論述將來勢必成為「張學」發展的新主流，在中國問題成為國際關係「天字第二號」的研究課題之際（第一號自然是賓拉登），於清、日、國、共間夾雜不清的張愛玲，其宛若《亂世佳人》的際遇，就有無可替代的代表性，她的英文著作自然成為海外研究的命題中心。既然歐美各出版社費盡九牛二虎之力地去翻譯《流言》、《傾城之戀》——從某個角度來說，張愛玲幾乎是不可翻的：姑且不提音樂性，她對象形文字圖畫性的運用不單無法譯轉成其他文字，甚至連簡體字都無法傳眞——我們爲何不先集中心力重整現成的《赤地之戀》呢？

該書封底介紹如下：

張愛玲以親自譯就的英文著作，被譽爲中國新一代作家的佼佼者。《赤地之戀》是其第二部小說；她的首部英文長篇《秧歌》，一九五五年四月在紐約發行之後，頗受好評。

她的兩個短篇：〈不了情〉（Unfinished Love）和〈太太萬歲〉（Long Live the Wife）經她親自改編成電影劇本，曾在上海大受歡迎。此外，她還曾爲多部電影編劇。

封底是販售最直接的宣傳，《赤地之戀》的封底評介，不單不正確（並非自短篇改編），更顯示一個中文作家往外闖蕩的窘境——之前在祖國的文學成就簡直不值一提——當然如果是引起無產階級革命的《家》或《駱駝祥子》又大不相同。她的電影作品之所以提出《不了情》及《太太萬歲》，有可能係因出品的左派文華公司曾發行名揚國際、由李麗華主演的《假鳳虛凰》，連帶拉抬出能見度。《不了情》是張愛玲面世的第一部劇本，由當時的「電影皇帝」劉瓊和名列「四大名旦」的陳燕燕主演。陳燕燕自默片尾期威脅到阮玲玉開始，歷經孤島滄桑，到勝利後已經日薄崦嵫，遠遠不如李麗華了。這部片的聲勢絕非後來的「考證家」抄抄戲橋、廣告詞，就逕自斷定的「張愛玲一炮而紅」。至於《太太萬歲》根本沒有首席女星主演（算是《不了情》反應的「旁證」），成本撙節，盈餘雖比《不了情》

豐厚，但坦白說，算是《假鳳虛凰》都會諷刺喜劇的跟風之作——導演係由該片編劇桑弧升格，並同樣由男星石揮挑梁。

這兩部片子最值得後續觀察之處，是張愛玲畫龍點睛的文才得到製片家「生意眼兒」的肯定：《不了情》之名後來被張愛玲的仇家潘柳黛沿用，編成香港時期林黛主演的邵氏超級經典；《太太萬歲》則變成樂蒂的賣座電影片名。筆者特別強調此點，係因張愛玲今天已被視爲無論在什麼領域一經施展就移山倒海的偶像。作爲偶像——而非一位眞正值得敬重的天才——成功往往是令人豔羨地手到擒來，但天才的成就卻多因先知先覺而顯得寂寞；如果今天我們要眞正探究張愛玲畢生如何艱苦卓絕地自我要求，以及爲何在夏志清之前從未列名各種文學史冊，就應該先停止這種趨炎附勢的「想當然耳」、只問出名卻不問成就的模式。類似論調非常多，包括「一夕之間紅遍上海」——張愛玲當時紅過徐訏、還是紅過蘇青？張愛玲眞正風行草偃是自皇冠陸續在台出版著作開始，而我們不要忘了皇冠當時也是瓊瑤、華嚴、高陽、章君穀等族繁不及備載的大本營。某些言情後輩練極而熟的張腔張調，卻正是愛玲流風走向庸俗化的開始。

這本書由中國青年女作家瑪麗亞・燕（燕雲）作序推薦：

今日中國正是山雨欲來，有關這些事件的記述頗多；《赤地之戀》身爲文學作品，它的觀感、特性都和目前的相關報導差異頗大。也許它的創作式樣，和戲劇感，能夠引發讀者關注，想想和那些來自中國的文宣有何不同。

我認爲這部作品之所以能夠自同時代的「文字」脫穎而出，最重要的一點：它用敘述性的故事去替代教條宣傳，或來自其他特定系統（譯注：應指台灣政府及其盟友）的說法。雖然這部作品亦包含了它自己的政治意涵，但今天任何有關（紅色）中國的記述，都無法不就目前發展的情況，作出一些評判。

張小姐帶給我的感覺：她比大戰後任何作家，都更能理解中國文學發展的自然流風：她展現古典小說的風格和形式，亦承繼了二、三〇年代偉大作家的傳統——包括有關社會批判的強力元素，或者說是「一些主張」。中國現代最有影響力的作品，都參雜一些文學批判；然而現在中國大陸，這種特性卻似乎消失了。箇中原因可能是現在大陸的作家無力，或拙於表達出來——甚至根本就沒有自己的社會評斷。

因此我希望：讀者都能夠敞開心胸來閱讀此書。最後想提的是目前中國最嚴峻的危機尚未披露，甚至連這本書也沒有提及；但是書中對此表達出非常獨特的看法，也許比情勢本身更爲意義重大。

我願意再附帶說明的是：這本書原先以中文寫就，譯成英文係一項新的嘗試：友聯出版社希望將一批亞洲新銳作家推向國際，以吸引更多讀者閱讀。目前發生的一連串歷史事件已經加快亞洲覺醒的腳步，同時這也將影響到整個世界的未來。如果說《赤地之戀》的發行能夠吸引到足夠的迴響，我們將繼續其他作品的譯介工作，以期促進更多交流。

瑪麗亞・燕　香港
一九五六年五月

美國駐港總領事館新聞處（以下皆簡稱「美新處」）爲美國政府機構，負責宣揚反共的外交政策，防堵赤色思想在亞洲蔓延，因此透過處長李查・麥卡錫支持出版的《秧歌》與《赤地之戀》，就有鮮明的反共意圖。麥卡錫在愛荷華主修美國文學，他的品味影響到美國官方刊物《今日世界》的文學走向。《今日世界》當時的政治立場係「自由中國」的盟友，而「自由中國」的範疇自然超過台、澎、金、馬。《今日》方面的大將包括徐訏、林以亮（宋淇）、鄺文美（方馨）、劉以鬯、金聖華、秦羽、潘柳黛以及台灣的梁實秋、夏濟安、余光中等人，其中張愛玲僅有麥卡錫和林以亮夫婦的奧援，同爲上海南下的徐訏、潘柳黛對其皆不友善。根據麥卡錫的說法，張愛玲當時過得是「朝不保夕」。

燕雲原名邱然，畢業於北京大學。她的父親、北大教授邱椿一九四九年後被中共迫害致死，燕雲遂發表《雨傘花園》，記錄北京學生生活的點點滴滴。這本書先以中文完稿，而後燕雲和麥卡錫聯手將這本描寫「赤色中國」學生活動的長篇小說翻成英文，於一九五四年由Macmillan出版，二六八頁。《雨傘花園》在美國反應應該比一年後出版、描寫南方土改的《秧歌》熱烈；加上邱然當時係友聯出版社負責人、出版英文版的《赤地之戀》，因此應邀為張愛玲推介。香港友聯出版社為當時一群熱中「第三勢力」的分子（既反共產黨、也不願歸屬國民政府）組成，和《今日世界》代表美國官方的反共立場不盡相同，和燕雲那個團體（她本人後來赴南洋發展淡出）交好的尚有和國民黨保持距離的司馬長風、趙聰、黃思騁等人，最能說明他們政治立場的，可以聶華苓的《桑青與桃紅》為代表；小說一開頭，桃紅牆上所寫的正是：「Who Is Afraid of Virginia Woolf？誰怕蔣介石？誰怕毛澤東？」（靈慾春宵〔誰怕吳爾芙？〕，誰怕蔣來誰怕毛？）夏志清影響深遠的《中國現代小說史》，中文譯本最初也是由友聯出版。張愛玲到香港的第一個長篇《秧歌》先在美新處直接支持的《今日世界》連載，再由出版部出書；《赤地之戀》卻必須「淪落」到「直接」在條件遠遠不如的友聯出版，張愛玲當年處境之艱難，由此可見一斑。

《赤地之戀》的設計非常機巧，開頭知青下鄉，在當地從事土改鬥爭，而後他們自己分發到各都會叢林，又隨即被人吃人的世界吞滅。當劉荃與張勵從農村回到都會，張愛玲以「黃河鐵橋」作為兩個「鬼域」之間的銜接：強加在滾滾怒河之上的鐵橋，是高壓統治倒行逆施的象徵，整節車廂機械化的動作顯現出滅絕人性的肅殺氣氛；而張勵的丑角演出，則為口號式的共產世界帶來諷刺的意味。整個章節在表面的奇突下充滿深沉的悲愴，闔上書本，腦海中仍能浮現那一節節「向無窮黑暗駛去」的時代列車。

CHAPTER V（節選）

It was like being shut inside a gramophone cabinet cooped up with the pounding, grinding rhythm. Loudspeakers on the train blared out Liberation songs（解放歌曲）and Soviet music from morning till night without intermission. No matter how fast the train hurtled on, it could not shake off the envelope of music, could not throw off the strong sweet gummy strands（一連串的形容詞，標準的張愛玲中文風格） of sound. Loose ends of melodies flapped outside the windows and over the top of the cars. The train sped across the dreary sallow flatness of north and central China in a flash of strident song.

When it was getting dark and the lights were turned on. A girl's high silvery voice（此處恐有傳達不清之虞：中文原意是「尖銳的」，但英文中「銀嗓子」象徵清亮美妙）called through the loudspeaker, punctuating her speech with rhetorical pauses, "Supper- is now- beginning- to be served.-Supper- is now-beginning- to be served."

Next she rattled off a series of seat numbers. Passengers in juan his（軟席）, soft seats- a new term to substitute for the bourgeois-sounding "first class"（在「軟席」的乘客——這個詞是用以替代過去小資產階級所謂的「上等座」）- were to go to the dinging car in shifts according to their seat numbers. Passengers in ying his（硬席）, hard seats - equivalent to the second or third class of the old days（在「硬席」的乘客——等同於過去的「二等座」或「三等座」）- would eat later.

Chang Li and Liu Ch'uen were in hard seats. They had not had dinner. Yet when the train stopped at one of the smaller stations and the peddlers walked past the carriage windows, tempting them with cold donkey meat, mutton jelly, hard-boiled eggs and cartwheels of inchthick flat-cakes.（驢切肉，羊凍，車輪餅等，hard-boiled eggs 我懷疑是茶葉蛋，標準張氏民俗風情） Not many peddlers were allowed in the stations nowadays and they were made to wear special aprons, for far there might be enemy agents among them.

"Look," Chang said to Liu, pointing at a "blackboard newspaper" that stood on its wooden stand in the dimly lit station, facing the train. They could. Barely make out the chalked bulletins, windblown and faint, on the shiny black-painted board. "It's praising the railway workers." Chang said. Leaning forward he head out with relish, "In the past few days workers on this line have been clamoring for Patriotic Overtime in addition to the old Shock Attack Overtime and Competitive Overtime which have, in themselves, already achieved spectacular results. Our Passenger-Affairs Officers think nothing of working 27 hours at a stretch. Since the beginning of this month there have been three cases who worked over 30 hours at a stretch, and two cases more than 35 hours. There have even been cases of over 39 hours. Isn't it great?"

"I don't think it's right just to go after efficiency alone. The workers' health should also be taken into consideration. "Liu said.

（以下劉筌的長段回話省略；上列這一段在中文版時係在通過黃河鐵橋後才出現，呵欠連天的乘務員引起眾乘客厭惡，張勵卻反倒不斷讚嘆「工人自動自發的熱情」，卻立刻被燙傷了腿。英文版中，安排張勵和劉荃在小站下車買吃食時注意到黑板報的表揚，先埋下伏筆；待通過黃河鐵橋之後，才上演此一事故。）

When they returned from their dinner, the other passengers were either napping or trying to read newspapers under the weak yellow overhead lights. The music was more deafening than ever. Fortunately, Chinese are not too susceptible to noise.

The girl on the loudspeaker suddenly screamed, "The great-Huang Ho-Iron Bridge-is ahead!-is ahead!（偉大的黃河鐵橋就要到了）The great-Huang Ho-Iron Bridge-is ahead!--Let's heighten -our watchfulness!-Let's close-all the windows!-Let's defend-the Express!-Defend -the Huang Ho-Iron Bridge!"

Everybody stood up and all the windows were banged shut. But Liu's window stuck.

Chang, who sat near the aisle, leaned over to help him and when it was no use, shouted for the porter. "Passenger-Affairs Officer!（乘務員）Comrade（同志）Passenger-Affairs Officer!"

The porter was not in sight. But a soldier of the Liberation Army had appeared, shouldering his rifle pacing slowly down the aisle and back again.

Liu continued to wrestle with the window. The wind was very strong because of the train's speed. The man in window next to his, and the spittle was blow right back drops of it sprinkling on Liu's face. He frowned and felt for the handkerchief in his pocket.

His hand froze inside his pocket. He had noticed that the soldier had stopped by his seat, holding his rifle tensely. He dared not take his hand out. The soldier was obviously afraid he was reaching for a hand grenade which he was going to hurl at the bridge.

The thundering and clattering of the wheels were amplified, now that the solid ground had given way to the bridge. In the blackness outside the window, big diagonal crosses flashed jerkily past in succession-the silhouetted bridge rails. In a moment the last cross had disappeared and the thundering rattle of the wheels subsided back to normal. The soldier, though still watchful, lowered his gun. Liu forgot what he wanted the handkerchief for. When he pulled it out of his pocket he just wiped the sweat off his forehead.

"Comrades!" the loudspeaker was again screeching girlishly. "The Express-has now-triumphantly-passed across-the Huang Ho-Iron Bridge!-Trium- phantly- passed across-the Huang Ho-Iron Bridge!"

She sounded as if they had just won a battle. Liu began to wonder if there were very many accidents along this line. If the rails were. Blown up by guerillas or special agents and then repaired again, the newspapers would naturally neglect to mention it. The bridge must be a particularly cruel point.

But Liu did not really believe there was much of this kind of thing going on. More likely, the authorities were jittery because they believe in being perpetually on guard against everyone.

The Passenger-Affairs officer had turned up with a soot-encrusted kettle, adding hot water to everybody's tea, as if in celebration of their safe crossing of the bridge. The man wore a wrinkled dark blue Liberation Suit like everyone else, but with a whit armband. He was lanky, young and dull,（又是一連串的形容詞，標準的張愛玲中文風格） yawning in people's faces as he leaned over their tables. Working his way down, the aisle he weaved a little with the motion of the train, holding on to the back of seats.

In time he stood sleepily before Liu's table, lifted the cover off Chang's glass with one hand, his other hand holding the big kettle high, to shoot a foot-long arc of water into the glass. But he missed it and watered Chang's leg instead.

"Ai-ya-ai-yo, ai-yo!（噯呀）Tung asu le!（燙死人）I die of paint !" Chang jumped up shouting, bumping the kettle out of the man's hand, splashing the scalding water all over the feet and ankles of both of them. He yelled louder. The Passenger-Affairs Officer was also howling now.

"He's done it on purpose!" Chang's eyes were red with fury and tears. "Hao chia-huo!（好傢伙）Boiling water-and he looks you in the eye and just pours it over you! I'll be darned if he hasn't done it on purpose! I'm going to speak to the comrade responsible for the train. There are saboteurs around!"

The Passenger-Affairs Officer just squatted on the floor moaning and wailing, unable to speak.

"Ma-ti（媽的）! Must be a spy! Chang shouted. "Ma-ti! Have you any idea who I am-who your father is? Why, you almost killed me! The Revolution still needs me-you know that?"

（以下劉荃打圓場和張勵上醫務室的情節，和中文版大致相同，從略。值得注意的是中文版中「兩個衛生員倒都是女的，長得也不壞……陪著他聊了回子天，又約著明天再來換藥，張勵的氣也就消了一半。」在英文版中張愛玲保留這個令人發噱的描述點：The two Hygiene Officers were women and not bad looking.而且除此之外，英文版張勵包紮完回座後，又開始注意對面的女孩子。）

Everybody was already in bed. The backs of the seats had been turned up to make upper berths. Liu had taken the upper to save Chang the trouble of climbing.

Unbuttoning his tunic, Chang sat down on the lower berth, crouching because there wasn't room. The floor under his feet was glistening wet; it had probably been wiped with a mop. The air smelled of the dirty mop.

The railway authorities no longer took pains to segregate the sexes in the arrangement of sleeping berths. There weren't any curtains over the berths either. This was one of the very few changes that had been made quietly, without any publicity. While it had occasioned some whispered complaints, it was perhaps not altogether unpopular. Chang glanced at the girl on the opposite berth. She had her face to the wall and her long hair fanned out over the pillow. She was muffled up to the neck in a woolen blanket. Spread out over the blanket, her padded, dark blue Liberation jacket looked enormous. Grey flannel trousers were spread next to it, in the right order. Still, she was not in her jacket and trousers but underneath them. It made a difference.

It would be still better after he had lain down, when the three-foot gap between their pillows could easily be bridged by his imagination. But part of his anger returned when he remembered that, by going away to have his leg attended to, he had missed seeing her undress.

"Ma-ti, see if I don't give the Railway Bureau a piece of my mind," he said loudly to Liu, partly for the benefit of the other passengers. After what had happened to him, it would really be face-losing if he were to keep quiet about it. "All this Patriotic Overtime, Competitive Over time and what not, extending the working hours on and on and on. Who's to be responsible when there are accidents? The leaders-all they know is to ask for 'hsiao -mieh shih-ku（消滅事故）, the extermination of accidents '. How can they avoid accidents when they go at this rate? The passenger's life and limbs have no protection at all, I tell you!"

Liu did not answer, pretending to be asleep.

The loudspeaker was silent at last. The monotonous click of the wheels was soothing in the unaccustomed quiet. Travelling light now without the music, the train rushed on, smooth, heavybodied and indifferent, occasionally with one of its segments pushed up a little as if shrugging. There were miles and miles of the same black night ahead.

除了篇幅上的考量，在整體結構上的代表性，以及本身戲劇場面上的完整性，都是筆者擷選本章的主要原因。

比起中文版，最明顯的差異在於：張愛玲將鋪陳「張勵受傷」事件的文字段落提前挪到「通過黃河鐵橋」這場荒謬劇前。在中文版中整節列車在「違反自然」的陰森情境過後，趨炎附勢的張勵先是念念有詞地嫺熟讚美鐵道員愛國加班，競賽似地，從連續二十七小時，一直拖展到違反人體工學的連續三十五個小時。但「才說著就打嘴」，緊接著他就被呵欠連天的乘務員給燙傷了腿。張愛玲在這裡採用中國古典小說近似「范進中舉」的諷刺手法，張勵這個戲劇作用上的丑角，最後受到了道德上的懲罰。但在英文版中可能考量到這樣突然其來的逆轉顯得過於卡通化，她把張勵那一截背誦的數據給整段挪移到通過黃河鐵橋之前。

從張愛玲這段中英文迥異的處理，我們不難想像她對自己的中文造詣自信到何等程度！冷靜的文字節奏、情緒的傳達掌控，乃至於戲劇場面端凝的描寫，都使得這一章的文字跳脫接續上可能造成「廉價手法」的危機，而達到相當節制的效果。一個文字魔術師，能夠化陷阱爲奇蹟，張愛玲在這一章的「炫技」，再次印證了新感覺派的創作信念。

二〇〇六年九月《印刻文學生活誌》

後記

雖非張迷，但不得不感念她在中國文字傳承上的成就——一枝極盡曲折的女性之筆！現在稿子趕完了，仔細省思，最遠應該追溯到張愛玲去世時一位前輩所提出的問題：「大家都知道張愛玲英文很棒，但爲什麼在國外不紅？」接著他自問自答，說：「聽一位朋友說起，她的英文很像通俗小說的筆法，讀起來不太像純文學。」

當時雖然尚未從事新聞工作，但看到「聽別人說起」這樣的說法被白紙黑字的刊出來，總覺得他雖提出一個好問題，卻沒有提供充分的解答。經過這麼些年，從這個疑惑出發，終於能爲張愛玲盡些心力。本文與〈新感覺派的最後大師〉爲姊妹篇，同時發表於《印刻文學生活誌》，作爲張愛玲逝世十一周年紀念專題。

夏夢

尋找金庸的夢中情人

閱讀金庸，已成一場過度詮釋的喧譁。

對於武俠這項大眾娛樂，金庸之所以歷久不衰不難理解；若就佛洛依德解釋：宣洩壓力的管道爲「暴力」和「性」，那麼民初以來，無數武俠小說無不摩頂放踵的往這條道路絡繹而行。以前者而言，武俠的類型建構不單是暴力，而且其御空飛行、暴烈拳掌更是超體能放縱（當然這亦有濃厚性意味）的暴力！就後者論，金庸小說男女關係的尺度雖較部分來者的萬賤齊發、饜欲橫流保守，但他化性爲愛，以種種歷經磨難的情枷愛鎖扣緊武俠迷不滿現實的發洩心理，羅致一種更細膩深沉的「心理滿足」。即使面對較具純愛憧憬的女性讀者，江湖俠侶顛沛流離、漂泊闖蕩的「天涯美學」（情愛的殘缺肇因國仇家恨、是動盪離亂中不得不爲的犧牲），在金庸龍蛇走筆、情溢乎辭的營造下，顯現出更高層次的悲劇之美，足供讀者自我偏執的角色投射。換言之，這些在現實生活中受挫的心靈在角色扮演中得到一種「犧牲」的快感，主角的武藝超群、無堅不摧已足以使他們挫折萎縮的潛意識獲得足夠的膨脹和補償；而箇中情感波折在他們看來是爲天下（而且是無法無天的天下）、爲平民百姓（相較他們所扮演的英雄）而自願放棄的犧牲。這種交織著崇高、壯麗、驚險刺激的滿足，使金庸攫獲比前人更根深柢固的吸引力。①

雖然寫的是天馬行空的武俠小說，但金庸深知吸引讀者的法寶在於人情世故：他善於煽惑消費者情感的想像之火，倚靠經驗累積最震懾人心的傳奇情事。這些傳奇多得是金庸自身的戀愛經歷——他曾說過每部小說都在反映自己每個階段的人生——除了一九九五年宣稱得到傳主親校的《金庸傳》（遠景版）詳細披露他對女星夏夢的苦戀之外；筆者又經過多年查訪、甚至親自向金庸本人求證，得到相當的資料和結論。因歷來金庸及友人對此事並不諱言，加上雙方皆爲公眾人物，在作品研究的前提下筆者將適度引用部分事實陳述，希望藉此對過度俗濫的金庸閱讀加以釐清，還原創作的風貌。

金庸與夏夢的邂逅

時間回溯到一九五〇年，時任《大公報》的金庸開始撰寫影評。當時影壇發生港府清共，將劉瓊等一幫赤色分子驅逐出境的暴動；長城電影公司爲厲行思想控制，假讀書會進行連串批鬥檢討，遂爆發林黛自殺、李麗華等一幫大明星順勢「出走」事件。在麾下明星青黃不接的當兒，左派傳媒開始力捧新人，夏夢就是這批幸運兒中的佼佼者。

夏夢是蘇州人，一九三二年生於上海，較林黛大兩歲、比尤敏大三歲。當時採行片廠制度，是影史上最類型化、也最重專業分工的時代，像夏夢這樣有吸引力（Attractive）、有藝術直覺（Artistic Intuition）及感染力（Appeal）的聚焦點，很容易便在合同演員（Contract Player）群中躍升爲當家花旦（Leading Movie Luminary）。這樣培養出來的類型化（Stereotypes）大明星，角色可能多變，但都不會卸卻其偶像特質；換言之，這類商業明星極易在群眾文化中變成一項「符號」（試著想想瑪麗蓮夢露或詹姆斯·狄恩），去扮演一個集體意識中的共通類型。長城是家左派公司，在當年香港有其政治壓力，因此夏夢的古裝劇（Costume Piece）比起邵氏的樂蒂或電懋的尤敏，便更具社會性的觸覺（Social Sensibility），及借古喻今的企圖。夏夢的形象轉換及左派處理古裝劇的意識形態，在在對金庸留下不可磨滅的影響。

由於寫影評，金庸與左派影人相熟。他本身既具戲劇天賦，迷上夏夢後有心往影劇發展並不是什麼難事。五一年金庸開始創作劇本，寫下了《絕代佳人》。這部電影不單變成了「最昂貴的情書」，也開啓了金庸往後歷史傳奇的創作方向。

雖然身處商業都會，但像長城這樣的公司製片方針、資源分配仍保持著由上（政治）到下的決策；換言之，像夏夢這樣的大人物（Big Fish），她的第一把交椅不會因陳思思、朱虹賣座更佳而隨便遭受挑戰，當然，也更讓金庸可望而不可即。由於編劇和明星並沒有什麼接觸的機會，魂縈夢牽的金庸必定抓緊所有可能管道打聽夢中情人的點點滴滴。這時夏夢的宣傳照常由一位叫「陳家洛」的劇照師負責，這個和夏夢、更可能和金庸接觸頻繁的名字，便成爲金庸第一部小說《書劍恩仇錄》的男主角。曾有人不明就裡金庸小說爲何公主滿天飛，這絲毫不足爲奇；夏夢的外號就叫「長城大公主」，還有二公主石慧、三公主陳思思，這些天之驕女都是他日常生活習常慣見的。

在片廠還是學徒制的當時，一介知識分子投身幕後是很不可思議的，金庸加入長城雖有經濟上的誘因，但咸信主要還是喜歡電影，並藉此和夏夢接近。可惜就在金庸欲進長城之際，夏夢和風度翩翩的林葆誠結婚了。

金庸對婚訊的反應我們雖不得而知，但從一連串「努力」來看，他仍具毅力決心。初進長城仍幹編劇，又為夏夢寫下了《眼兒媚》這個幾近告白的劇本。這個俏皮美妙的名字，成為日後《天龍八部》名種茶花之名。此時金庸亦因緣際會地寫起武俠小說，但一個小編劇想要獲得大明星青睞簡直難於登天，因此他爭取導演之心應該比什麼都熾烈。五九年金庸升格為導演，為夏夢量身打造《王老虎搶親》，不過夏夢堅決的態度可能促使金庸終於死心，他隨後離開了長城，創辦自己的事業——《明報》（可以一窺為何《倚天屠龍記》中「明」教建立了明朝），並開始連載他最浪漫悲憤的小說《神鵰俠侶》！

雖則在現實中夏夢無疑高高在上，又基於已婚身分不便對金庸敞開感情之門，但回歸兩性關係，金庸畢竟是「武林中人」，又深受傳統文化左右，他的男性中心主義是根深柢固的。至於男性間的相對關係，金庸自《神鵰》後便顯得有些弔詭：因為當初寫武俠小說、編劇都不是很有社會地位的行業，因此他不免在作品中流露「反英雄情愫」（Antagonist）。以楊過為例，其自負疏離、無信仰（Unbelief）完全符合反英雄（Antihero）的作風；雖然最後他變成書中的主流英雄，但神鵰大俠的作為是以「自我」凌駕於社會之上（我不需要和你們一樣以博得認同，因為我「有恩」於你們；而我有恩於你們對我並不構成什麼偉大的意義，所以當我得知小龍女已死，我仍要自殺）；這說明了為何金庸在現在這個時代越來越受歡迎。事實上和社會共通並不代表缺乏深度和個性，建構在共通性上的深度和個性，其實才更難達成！

武俠王朝的絕代佳人

金庸爲夏夢打造的第一部片子就是《絕代佳人》，這四個字不啻是對夏夢的最高禮讚。有趣的是日後橫掃右派影壇的「古典美人」樂蒂，在這部戲演邊配。此戲描述戰國時丰神獨豔的如姬，爲信陵君捨身取義的戀愛故事。信陵君以豢養食客聞名，從此取材可以了解：當時左派講求意氣相投、生死結義的團體生活憧憬，門下食客有「雞鳴狗盜」②之能的信陵君，和左派的無產階級革命其實都講求鋤強扶弱的兄弟之情。這或許可以解釋爲何金庸會將劇照師陳家洛作爲第一部小說的男主角，這部描寫紅花十四俠結黨起義的作品就是《書劍恩仇錄》！

在長城這樣的大家庭，夏夢就如同如姬，不但是人民的好兒女，而且兼有冰雪情操與絕世姿容，和「右派」當時爭相拍攝的「武則天」、「楊貴妃」等紅顏禍水、淫亂宮闈有很大的差別。金庸導演的《王老虎搶親》是一個「雌雄同體」（Bisexuality）的喜劇，夏夢演男主角周文賓，但周在片中又再反串，乍看是非常資本主義（Capitalism）式的明星塑造；

但縱觀整部影片，仍以諷刺社會風俗（Comedy of Manners）爲基調。和這兩部影片相較，邵氏古裝劇是不折不扣殖民主義（Colonialism）下的商業產物，搬弄窺奇的深宮祕史。長城雖沒如此「墮落」，但一樣是虛構歷史的大本營。這些都建構出金庸小說的創作形式。

從事武俠小說這種大眾消費類型，金庸的現實性不可謂不強；但凡一件充滿企圖心的作品，不論是招徠讀者、借言抒志、潛移默化甚或含沙射影，總有它與時並退的時效。金庸小說之所以能夠屹立至今，包括讀者的想像移情，或是書中反社會、憤世嫉俗孤芳自賞的情愫，都是值得深究的社會心理。而在消費體系中蔚爲最大宗的——愛情，我們更有必要探索它的風貌：金庸心目中的夏夢究竟爲何？他又將夏夢作了什麼樣的轉換？以下筆者將試舉幾位最著名的金庸女角分析。此外筆者必須聲明的是：爲了還原金庸的創作意圖，許多初版情節的沿用是必須的；因爲它反映出金庸原始的內在思維——尤其每天連載趕稿絕對能捕捉到更直截、更不假思索的本質——能幫助我們越過現在功成利就、修身養性有成的金庸，而追溯到當年那個爲經營奔走、夾雜政治角力之間且對感情愛憎分明的金庸！

夏夢是王語嫣嗎？

在金庸女角中，王語嫣取材夏夢應無庸置疑；金庸在《天龍八部》極力勾勒夏夢家鄉的水鄉澤國之美，王語嫣一登場那種「煙籠寒水」的氣韻，簡直是荷露粉垂。夏夢原名楊濛，這個藝名乍看似俗實則不然，它顯現出夏夢不同於樂蒂、尤敏的積極活力，而且頗有浪漫飄逸的神采。舊版王語嫣本叫王玉燕，其俗更甚，可以篤定是她在段譽心中固然是「神仙姐姐」，但在慕容復（儘管他住「燕」子塢）或他人看來，其實甚爲凡庸。慕容復是舊時大燕皇孫，玉燕自然又有「舊時王謝堂前燕」的意涵；但燕在堂前，也不過是塊中看不中用的招牌而已！王語嫣初次登場天仙化人，段譽僅是其家奴，但隨後這位貴族小姐又是掉下泥漿臭井、又是赤身露體困於草房、最後還被揭露爲私生女（段譽雖也是「非婚生子女」，但他是延慶太子的龍骨鳳血，是整個大理皇朝最正居道統的），也眞難爲她還一直力保大小姐的風度了！尤其她對旁人生死彷彿與己無涉，細看金庸對她的指涉是很嚴厲的。書中甚至借慕容復、這位本身已極卑俗之人批評王語嫣「水性楊花」，其寓涵可見一斑。讀者對王語嫣之所以沒有那麼反感，在於對她期望甚低，戲劇作用不過是婚姻的對象罷了！她最後既然情歸段譽，美色比品德更重要，因此責難也就比對周芷若、甚至黃蓉輕。當然這與原旨有強烈的落差，而金庸在字裡行間對這位語嫣姑娘的不寫之寫，似乎可視爲失意的聯想（Association）與宣洩（Catharsis）。

夏夢是黃蓉嗎？

金庸雖不見得自負，但他以書生報國、天下謀士自許，篤信「智勝於力」可以想見，絕不會自比郭靖；相形之下段譽的天性豁達不逞狠鬥勇，張無忌的寬仁大度、消受美人恩，黃蓉洞燭機先的智巧與令狐沖的自在灑脫，大概較爲他所看重。

聰明的人，由於反應快捷造成與他人扞格不入，多半耐性差而少慈悲。而按金庸書中的主客觀情節，女性關注的視野、胸襟又較男性狹隘，因此從聰明機巧超脫至智慧灑脫的就更少之又少。即便有女中諸葛之稱的黃蓉，由於對家人（尤其是寶貝女兒郭芙）關懷則亂、又脫卻不了私心，因此在國難節度的大是大非反倒不若資質愚笨的郭靖。黃蓉除了個性不可能是金庸所期待的夏夢之外，她在《射鵰》初登場時扮作乞丐（爲後來接掌丐幫伏筆），而後所顯現出的身手、性情又屬嬌小玲瓏古靈精怪一類，與身高一七〇的夏夢相去甚遠。筆者倒是覺得，黃蓉的嬌蠻任性，以及與郭靖之間的關係很可同《臥虎藏龍》中的玉嬌龍和羅小虎以爲類比。所不同者，王度盧氣魄宏大，筆調質樸高貴，而金的戲劇性較強烈浪漫。撇開被改得面目全非的電影不談，玉嬌龍和羅小虎在耗盡闖蕩江湖的豪情少艾後，一直在爲早年的莽撞輕狂贖罪：玉嬌龍變成丐俠病死大漠，羅小虎被官差押解折磨殉於雪山，這都顯現出強烈的社會責任；相反的，金庸基本上卻是反社會且自我意識掛帥的，黃蓉除了變成「大富大貴」的丐幫幫主（這和骨肉至死不能相認的丐俠是何等對比！）她和郭靖的生活超然百姓之上，與社會互動率很低；至於所謂的力守襄陽對抗韃子，只是出於個人信念而非客觀情勢，這種「金庸式」的英雄主義，是不太禁得起現實——像郭靖執掌兵權怎可能見容於當時官僚？——碰撞的。

夏夢是周芷若嗎？

對廣大讀者而言，周芷若大概是最不討喜的金庸女主角，除了有個渾身遍燃春火的趙明（趙敏初版之名）互爭高下，最後光大峨眉爭得武功第一的「功績」又淹沒在民族戰亂的洪流當中；而就最重要的愛情作用來說，她不若小龍女、黃蓉、王語嫣那樣被視爲男主角死生相隨的唯一，因此眾多尖銳處就無法被讀者等閒置之。不過，周芷若應是所有金庸小說外型描繪最像夏夢的，因此也最易從而比對、還原金庸的創作原型。

在金庸幾部偏向情愛糾葛的作品中，男主角鍾情的對象如王語嫣、阿珂、小龍女、喀絲麗莫不豔冠群芳，但《倚天屠龍記》卻是例外。我們很難說趙明勝過周芷若或小昭，二來張無忌究竟心繫何人也大有問題。改寫後金庸平添許多枝節、又對周芷若是敬多於愛之類，這其中恐怕很難刀切豆腐的丈量。初看《倚天》除了周芷若的轉變寫來欠說服力，金庸再三強調她的身高更令人狐疑。周芷若長得高在戲劇上沒有必然性（若要強調她統理峨眉的氣勢，那調兵遣將的趙明就不需要高人一等了嗎？）直至看到夏夢的長䠷倩影，才算得到解答。

在書中一再以青衣縞素（書中數次描寫她祭弔滅絕師太、殷離及孤守宋青書垂危的場景令人印象深刻）登場的周芷若，角色比重較趙明重要得多；她出身高貴（大周公主），而後爲了報仇（和趙明有國仇、家仇、情仇三重不共戴天之仇）做出許多傷天害理之事，和張無忌形成強烈對比。可惜改版後大概金庸的大男人主義作祟，周芷若被「矮化」成愛戀對象之一，而且她在情場上既是落敗的一方，按才子佳人大團圓傳統，便被許多人降低成第二女主角了。

按照文學技法，周芷若原先應是設定爲張無忌的對照：金庸小說多半描述令狐沖、張無忌、楊過、段譽這些主角「男性自我實踐的過程」，女性不脫感情糾葛的對象，但周芷若卻是例外。她同樣肩負血海深仇、同樣對武林事業一步步的進行自我實踐，但她雖用功聰慧、企圖心強，運氣比起張無忌來卻差得多：張無忌福澤深厚，不世奇功、武林盟主都像是天上掉下來的，周芷若卻需憑藉不斷討好師父、謀奪害命等不擇手段爭取；儘管她才幹、企圖心都在張無忌之上，最後卻落得武功未成、東窗事發爲人不齒的窘境。爲什麼兩人同樣懷抱壯志大業（兼報仇），成就卻有天壤之別呢？其一牽涉到金庸本人接近佛老的價值觀：非己之物終難求，周芷若的汲汲營營在他看來殊不可取；另一意涵則有些接近犬儒：就是張無忌的眼界、胸襟、終極關懷皆勝過周芷若，自然而然產生大成就。同樣價值觀的灌輸在金庸其他作品裡俯拾皆是，包含虛竹、段譽，甚至韋小寶的志業均成就於此（韋小寶本人雖是無賴一名，但做的都是經國濟世的大事），他們誤闖武林不但都取得出人意表的事業，而且也在情場上贏得「夢」中的女子。

夏夢是小龍女嗎？

小龍女這個角色和夏夢的關連，要通過另一武俠人物才得顯現；不過令人驚異的是此人卻非金庸所創，而是他的哥兒們梁羽生筆下的冰川天女。《冰川天女傳》並不是一部成功的作品，梁羽生不憚其煩地描寫她細飾裝節、身形修長、湖水青衫，卻都僅是皮相（寫美人金庸勾勒神韻的作法較為吸引人）；不過拜他的工筆所賜，夏夢的形象還眞的是浮現眼前。

冰川天女和小龍女一樣是「武俠童話」中的極致，兩人皆天仙化人、凌虛御風（天女、龍女皆神話仙子），武功亦光怪陸離、不食人間煙火。但最大的差異在天女住在天上的縹緲冰宮，而龍女住在不見天日的活死人墓（和冰宮同為極陰之地）。這個差別甚為關鍵，筆者將試圖從中剖析金庸的潛意識。

和王語嫣、周芷若一樣，細究小龍女的種種描寫，金庸的批判其實並不輕微，這三者儘管入世程度不同，卻同樣兼具冰冷、秀麗、高高在上讓男主角可望而不可即的特質。但這三位冰山美人到最後都有某種程度破滅，其中又以小龍女被破完璧之身最爲嚴重。如果海內外癡迷「武俠童話」「英雄美人」的書迷不能卸卻他們的盲目崇拜，去正視書中試圖對人性提出的質疑和解答，那麼可以說他們還眞的是看低了金庸。

小龍女其實是《天龍八部》王語嫣和夢姑的原型！段譽在無量山洞見到「神仙姐姐」玉像驚爲天人拜其爲師，而後在姑蘇遇到一模一樣的王語嫣，終於在「不見天日」的枯井緣定三生。這和楊過在不見天日的終南山後拜「龍女姐姐」爲師（龍女就是神仙）、在活死人墓成親同出一轍。至於在西夏皇宮冰窖相逢的虛竹和夢姑（和王語嫣一樣是「神仙姐姐」的孫女），不過是這個故事的另一個變體而已！至於無量山洞最大的不同是多了段轉載自希臘神話的故事③的由來，但這段是後來才增添的；從邂逅到私訂終身，楊過是因敬生愛、段譽是因色生愛、虛竹是由性生愛，然而三段感情卻都有志一同的在「不見天日」處完成，爲什麼呢？因爲三組都是不倫之戀！

楊過是龍女之徒，兩人爲了結合掀起多少驚濤駭浪已不待言；段譽愛慕玉像，看作是戀物癖也好，或玉像本尊是年長段譽兩輩的李秋水、他又拜玉像爲師也好，都是不折不扣的不倫之戀！而後玉像「復生」爲王語嫣，她是段譽名義上的妹妹，自然也是不倫之戀。

至於虛竹和銀川公主是和尚破戒和番邦公主私通，這更是不倫之戀！在金庸的潛意識中，這三組人馬同樣打破身分、地位、禮教……等種種隔閡，黑暗的洞窟就像別有洞天的「烏托邦」。在私密安全的烏托邦中，戀人可以不畏流言、跨越世俗禮法；然而，這僅是金庸自己不自覺的想望！

《冰川天女傳》其實寫的是同一類故事（尼泊爾公主冰川天女，和銀川公主的稱謂異曲同工），憤世嫉俗的怪俠金世遺對天女一往情深糾纏不清，但天女並未打破門當戶對的陳規，還是嫁給了名門公子唐經天！

寫給永恆的戀人

筆者這裡必須解釋：當年隱私觀念及智慧財產權均不及現代高漲，武俠世界移花接木所在多有；我們今天雖犯不著每個細節都要按圖索驥，最起碼證明這些影人指涉頻繁。除了《冰川天女傳》中「金」世遺對天山「公主」的感情糾葛難以斷絕外界聯想、陳家洛之名被金庸挪用之外，當年長城另一女星馮琳也在《雲海玉弓緣》粉墨登場，被寫成「老來扮俏」的白髮魔女傳人。

這件考證的價值在於相較於陳家洛，夏夢是不折不扣的公眾人物，其明星形象已形成不可磨滅的公眾性；姑且不論金庸借用（Image Transition）時姑隱其名卻意在言外，與熟識夏夢讀者心照不宣的指涉，光是和小說參照，亦可還原現已過度庸俗化、穿鑿附會的金庸閱讀。這方面牽涉到：解讀藝術現象的讀者個人問題。正如沈君山所言：今天金庸的影響力已跨越國界，更以群眾力量走進學術殿堂；但太多讀者衍生的自我、太多偏執、不客觀的審美過程，都已造成金庸邁向正典化（Canonization）的障礙。實際上，所有個人經驗都應該和作品討論無關，唯一例外的，就是關乎作者本人。

金庸與夏夢的這段不解之緣並未隨著他離開長城結束；《明報》步上軌道之後，仍不時刊載這位女星的點點滴滴。一九六七年，一場名爲「五月風暴」的暴亂，從工運、罷市、學潮引爆一連串銀行擠兌、示威、軍警武力鎮壓、邊境火力衝突以及放火、暗殺、船難、炸彈攻擊等恐怖活動，最後導致五十一人死亡、八百多人受傷。「長、鳳、新」全體職員在事發之初就接獲上級「鼓勵」，要號召這場事關祖國的「聖戰」，其中「二公主」石慧與長城當家小生傅奇夫婦因響應積極，在當年七月十五日凌晨遭到英軍逮捕，蹲了一年多的苦牢。陳思思和夫婿、鳳凰當家小生高遠是另一極端，他們則選擇投效右派影壇。而夏夢呢？一向被捧在手掌心的她，又該如何自處？

夏夢後來回憶：「在那段倒行逆施的日子裡，我個人在精神上也受到極大打擊。我不能不暫時離開長城、甚至離開整個電影圈。我決心在電影製作方針還沒回到正確軌道以前，即沒有回到廖公（廖承志）確定的方針之前，無論如何不能重回電影界。」當她拍完《迎春花》後，未待上映，即宣布舉家遷移加拿大。這個靈慧端凝的「大公主」，以最大的決心，向工作十七年的影壇告別。

由於身爲左派影壇的指標性人物，夏夢此一決定，立刻在內部投下震撼彈！爲了保護夏夢，《明報》特別一連數天以頭版頭條篇幅，大幅報導夏夢赴加拿大定居。金庸特別親筆撰寫〈夏夢的春夢〉，獻上公開祝福：「對於這許多年來，曾使她成名的電影圈，以及一頁在影壇的奮鬥的歷史，夏夢肯定曾有無限的依戀徘徊，可是，她終於走了。這其中，自然會有許多原因……，在我們的想像之中，一定是加拿大草原的空氣更加新鮮，能使她過著更恬靜的生活，所以，她才在事業高峰之際，毅然拋去一切，遷居幽谷，遺世獨立。正是『去也終須去，住也不曾住，他年山花插滿頭，莫問奴歸處。』我們謹於此爲她祝福。」早已脫離年少輕狂的金庸，以這種隆重、卻絲毫不避嫌的方式，向畢生的「夢中情人」告別……

夏夢的故事並沒有完，八〇年代這位影星再度回到影劇圈。她所製作的《投奔怒海》公認是許鞍華最偉大的作品，該片藉海南島外景批判越共的共產主義，其膽識已不待言；《逝水流年》捧出的導演嚴浩（亦被公認是其最佳作品），日後拍出描寫張愛玲的《滾滾紅塵》，並以《太陽有耳》獲柏林影展最佳導演。作爲一位製片家，夏夢的眼光和手筆亦堪稱罕有。

本文並非在故紙堆裡找文章，只是許多人穿鑿附會地歪讀金庸，已使金庸不斷向庸俗沉淪。這樣一位資質閱歷皆非同凡響的文化人，寫下他對人世探索闖蕩的感慨，試圖批判陳俗的價値觀，作爲一位讀者，我們豈能無動於衷？消費者當然有權在武俠童話樂此不疲地自我陶醉，可是如果我們對金庸的期許不僅是通俗娛樂作家，就得還原他的創作風貌。筆者覺得：金庸是風靡華人世界的武俠大師，而他所心儀的對象，果然也非庸脂俗粉，是華語影壇具有高度藝術成就的女明星及製片家，兩人雖然無緣結合，但都開拓出自己的一片天空，這不也是件很美的事嗎？夏夢後來轉行從商成績斐然，並當上了中共的政協委員。她那傾城傾國的凝視衍變爲一股旋律，不斷在中國文字的世界響起，幻化成千姿百態的武林兒女上演各種驚奇冒險的故事。和其他「古典美人」相較，她渾然充滿了一股靈犀的竄動，流露出一種積極的想像力、一種青春的無瑕光彩。金庸一再編織「綠野綺夢」，不是沒有原因的。

我還記得當我訪問金庸，遲疑探問夏夢和王語嫣是不是很像時，只見這位一代大俠笑吟吟地說起：「夏夢呀！她沒有王語嫣聰明……」

他就像一位偉大的魔法師，對自己神祕的來源保持一種機警的睿智。

二〇〇二年八月二至四日《聯合報》副刊

注釋

①據英國經驗主義美學學派觀點：痛感是比愉悅更強烈的一種力量，可從而引發崇高的亢奮；而集該學派大成的博克（E. Burke）則闡述優美令神經鬆弛，崇高的壯美卻令精神激發自豪和勝利。流浪雖是違背安土重遷的悲劇，但持劍江湖和大漢沙文主義相結合，配上國勢多舛的同理心，使流浪衍生出一股壯志豪情。在《書劍江山》、《碧血劍》、《飛狐外傳》、《天龍八部》、《神鵰俠侶》等作品中，感情波折破碎不是因爲正派男角的薄倖或過失，而是憂國憂民、奸人作梗等種種排除一己疏失的因素，使得感情悲劇超越瑣碎的責任歸屬而和經世濟民結合，從而昇華到一種偉大的「奉獻」。

②本文刊登後聯副收到讀者康自強來函刊載如下：「……符立中先生能以生花妙筆，深入淺出地化枯燥學理爲可讀之文，實在堪稱佳構。然引經據典處略有闕誤。按文中論及香港左派意氣時，有『門下食客有「雞鳴狗盜」之能的信陵君』一語。但是事實上，信陵君未嘗有過『雞鳴狗盜』之事……」

筆者感謝錯讚，不過此處「雞鳴狗盜」係作爲成語形容（又有哪個辭更能形容食客的龍蛇雜處、形形色色？）所以寫作時即刻意加上引號。作者在發表前即已確定此典出於孟嘗君（曾翻閱《戰國策》和《史記》詳查）。

③逍遙子愛上玉像的橋段典出希臘神話雕塑家 Pygmalion 愛上自己的雕像 Galatea 的故事。又，《天龍八部》借用經典，光是喬峰即一連沿用《哈姆雷特》（追查父仇）、《奧泰羅》（仇恨蒙蔽心智）

及《伊底帕斯》（身世之謎的宿命）三大悲劇。

後記

　這篇文章於二〇〇二年發表，在當時頗獲重視；首先在台灣《聯合報》副刊連載，接著北美《世界日報》連載，聽說內地很多媒體也在未曾告知的情況下「自動」轉載，我自己就在兩個簡體新聞網站看過。

　此文之所以受到重視，我想部分出於它是台灣第一篇探討香港左派影壇的論文；且因之前從未有任何一部影史呈現如此左右參雜的方式，並佐以大量社會資料分析，又採用跨文本比較技法……這些較新奇的角度都使它顯得相當與眾不同。此文發表後，似乎爲台灣的五〇年代電影探討開闢出另外一方新天地，不單仿效者眾，更有甚多來者根據筆者觀點再去推論發展；其實只要沿襲者不冒充係自己獨創，我樂於見到這種盛況：因爲像李麗華、樂蒂、鮑方、高遠、喬莊等人橫跨左右雙方的演員生涯，之前都被以「斷代史」甚至「斷頭史」的方式處理，這很明顯已違反學術基本準則，更不合事實。看到好一陣子眾多網友爭著討論金庸與夏夢、夏夢與樂蒂、金庸與樂蒂……我就萌生一股近乎「但開風氣之先」的滿足。

　當然，之前金庸論壇甚多，許多老生常談錯漏陳習，如今冒出我這麼一篇不肯因循苟且的，也造成極少數金迷認爲我「存心」和別人不一樣；我想這點只要詳觀文本（尤其論述楊過該段），就可相當清楚；更何況我原非武俠迷，更從未志在此類論述，並無「凸顯」自己的必要。試想金庸執筆時代與現今相距有年，加上各人文字感悟力不同，與原作傳達有落差本也平常；事實上當本文發表後不久，金庸就開始進行所謂「最終版」的修訂，此文提到若干「辨正」如王語嫣、周芷若，「最終版」都不約而同地朝合乎篇中推論方向作了更明顯的更訂，我想金庸意欲傳達的主題，至此應該已經非常清楚。

至於當時另有些微反應，認爲我犯不著小題大作、耗用如此文學心力來鑽研「武俠」作品——稗官野史之流；對此我當時表示係尊重這麼多讀者知的權益。按現在（二〇〇八）各大專文學所百花齊放的態勢，這種按題材來定尊卑的論調應該已成過去。

實際上我將夏夢和金庸視爲探索左翼文化的切入點，而這正是學術研究所必要、但當初被政治硬生生阻斷的；由於兩岸政權的敵對情勢，造成整部華語影史殘軀不全。其中台灣、中共因爲意識形態扞格，加上內地當時的封閉統治，因此彼此不相往來倒還容易切割；但在「八方風雨會甘州」的港九，電懋、邵氏競逐慘烈並不亞於左、右影壇的壁壘分明，加上又是根植於同一塊市場，因此電影史頁的「各自表述」，也就隨之產生許多謬誤。比方港台許多史料都宣稱《獨臂刀》率先在香港創下百萬港幣票房、張徹並因此登基爲「百萬導演」；可是如果認眞調閱香港本地的票房檔案，就會發現眞正第一部在港九創下百萬紀錄的是左派「長、鳳、新」（長城、鳳凰、新新三家公司統稱）聯袂合作的《金鷹》！影壇行政固然分左派右派，觀賞《金鷹》和《獨臂刀》的香港觀眾卻絕大多數沒有分派！由此可見《獨臂刀》這個「右派首開百萬」是標榜得多沒意義，至於「頭號百萬導演」的封號更是來得無稽。可是同樣的事仍在不停上演，這就是現今影評、樂評的荒誕生態。

由於台灣政府起先秉持「漢賊不兩立」的立場，並在港九成立「自由總會」把關，影片需要通過核可，才能來台放映。因此造成多人聲名斷層。比方《翠翠》的男主角鮑方，雖能將沈從文筆下的《邊城》演繹得情韻盎然，但在「永華」落沒改投長城後，台灣觀眾幾無人識；同樣由左派跳槽到右派的李麗華、樂蒂、喬莊，也從此失去大陸市場。左右分治不單抑扼影星的藝術發展，當整個東南亞為紅潮蔓延，引發印尼、馬來西亞排華暴動，更使得國語片市場終為藝術成就較弱、但可開拓更多國際賣埠的武打動作片所籠罩。以往由「銀幕女神」統御的華語影壇，只為企求賣出更多非洲、拉丁美洲乃至歐美的三流市場，竟從此扭轉成「打仔領軍」的新型生態，導致整個台、港影業產生質變。

其實在整個香港與星馬地區，除了絕大多數的觀眾未分左派右派，這批影人大都繼承上海華語影業發展出來的生態、形式、技法，乃至生活圈，這才是有志之士研究影史不敢予以切割的主因：比方宋淇當初編寫國、粵語交雜的話劇《南北和》（請參閱下篇〈張愛玲的電影時代〉），代表香港本地的林翠、黃河，雖然都是能說廣東話的粵籍，其實皆來自上海！箇中原因無他：因為你不會上海話或國語，你根本無法參與國語影片的拍攝！無分左右，當時影壇幾位最重要決策者如邵氏兄弟、卜萬蒼、岳楓、朱石麟、李萍倩、李麗華、嚴俊、陶秦……皆出於滬上影劇圈，他們交換意見，乃至基本如指導拍攝，都是沿襲滬上電影圈甚至以上海話交談；既然他們的文化背景都是來自上海，這樣編導出來的作品當然不能抹滅上海文化的影響！比方戰後香港最傑出的三位古裝演員——李麗華、夏夢、樂蒂都是上海人，這和滬上蓬勃的戲曲環境絕對脫卻不了關連；我想香港幾位強調「本土論述」的影人，在注疏時宜愼重考量此點。更何況，就算是粵人，可也不見得是香港人啊！

無論如何，這篇文章只是開啓這股上海文化探源的起步，在這裡重刊舊作，希望讀者能和〈張愛玲的電影時代〉併行比較，這樣就可以對當時影壇左右並治的生態得到更完整的概念。本文寫作時原採用完全學術形式進行，後爲報刊讀者閱讀考量，將龐大的注釋資料全都刪除。此次印行爲方便計仍以《聯副》刊登版予以修訂，注解出處（包括原先訪問金庸的全部資料）以後若有機會再予以發表。

張愛玲的電影時代

廿四歲時的她：「我想學畫卡通影片，儘量把中國畫的作風介紹到美國去。我要比林語堂還出風頭，我要穿最別致的衣服，周遊世界……」

一九九五年的她，孤零零地死在美國。

二〇〇七年，李安終於把張愛玲帶進好萊塢。

戲劇化的創作生涯

張愛玲曾說：「電影是最完全的藝術表達方式，更有影響力，更能浸入境界，從四面八方包圍。」她的作品也正是以這種魅力，全方位的征服讀者。

若要剖析張愛玲的電影因緣，應該先從戲劇說起——畢竟，電影僅只是戲劇較年輕的一環；在中國，戲劇犖犖大者爲各色戲曲，我們也確實知道：張愛玲對地方戲的庶民風情極爲愛好。傳統戲曲對其薰陶最重要者首推〈金鎖記〉和〈連環套〉。如果分析過張愛玲年表，當知兩者皆出於創作巔峰、同是當時最具野心之作。雖則評價一優一窳，但其實互爲表裡，只是從未有方家指出。

《金鎖記》與《連環套》同爲京戲名劇：前者即爲《六月雪》（又名《感天動地竇娥冤》），復由程硯秋增益首尾，唱成連梅蘭芳也從此擱下的首本名戲；後者爲火爆打戲。

了結。

「連環套」名出竇爾墩在河間連環套開山立寨；但這個戲牽涉到兩代恩仇，後由黃天霸出面

若說《金鎖記》的悲劇，出於竇娥賢孝貌美、因守貞而獲罪，那麼張愛玲的曹七巧，則是不折不扣的反諷！七巧賢良淑德固不必談，她想出軌，卻因「瘦骨臉，朱口細牙，三角眼、小山眉」而苦無機會；她惡意虐待女兒長安，成爲文學史上最可怖的景象。如果僅從字面推論「金鎖記」係因「戴著黃金枷鎖劈人」，那麼就太輕忽張自己所宣告的：「我用的是參差的對照的寫法，不喜歡採取善與惡、靈與肉的斬釘截鐵的衝突」；更無從解釋：爲何之後她要重寫成《怨女》。《怨女》最大的差別在於刪掉長安，且主角變成了個美人——這從洋名《紅粉之淚》、《北地胭脂》可資證明——七巧雖非無鹽，卻絕不配稱胭脂、紅粉。

七巧因情欲不得滿足而瘋狂，但〈連環套〉的霓喜，卻是可悲的肉欲對比。京劇《連環套》是連場打戲，從上一代直打到第二代；〈連環套〉則由霓喜肉搏征戰：她被印度佬雅赫雅趕出家門，從此展開「好戲連床」的姘居生涯；待年老色衰，最後由女兒瑟梨塔代母從軍、將同爲印度人的發利斯剋得妻離子散。這個「連環」上陣的宿命，寫盡了女人踐踏女人的悲哀——想必張愛玲從親族、尤其繼母身上感受過太多此類「同性相殘」；女性變成封建最大的劊子手，比掌權男性更加欺壓同性，來鞏固僅只是殘羹剩餚的一己之利。

電影啓發小說絕技

雖則傳統戲曲滋養出張氏一些精采篇章，但使能脫穎而出的，無疑是電影。作爲戲劇形式，電影能把一切細節放大；也因此，電影比其他劇種更加接近張的勾描天賦。張愛玲接受電影教育的時代，正是影史翻轉最劇烈的年代；眼看從默片、演員純以動作敘事一路蛻變成《亂世佳人》的特藝七彩，對感官敏銳如她所造成的震撼可想而知！祇可惜，當她投注畢生心血要向彩色古裝鉅片挑戰，卻功敗垂成、流落異鄉……直到她的文字在台灣重見天日，那宛如珠玉的錦心繡口終於散發出豔異之光：她用電影分鏡的細膩筆觸，揭露自己一生不忍卒睹的悲劇；她也以同樣的技巧，來寫那些湮埋的封建遺事。這位飽讀詩書、卻僅受過些許英美文學和新感覺派訓練的女子，就以這兩項有限的新文學技巧，綜合電影聲光音畫的文字模擬，乾坤大挪移地、成爲五四以後有數的一代宗師！

張愛玲如何運用電影技法？我們不妨看看幾段膾炙人口的例子：

七巧按住了鏡子，鏡子裡反映的翠竹簾子和一幅金綠山水屏條依舊在風中來回盪漾……再定睛看時，翠竹簾子已經褪了色，金綠山水換爲一張她丈夫的遺像，鏡子裡的人也老了十年。——這是側化（Lateral Dissolve）式淡出淡入。

她寫遭受繼母陷害：

她刷地打了我一個嘴巴，我本能地要還手……在這一剎那間，一切都變得非常明晰，下著百葉窗的暗沉沉的餐室，飯已經開上了桌子，沒有金魚的金魚缸，白磁缸上細細描出橙紅的魚藻。——這是背景消音（Back Noise Cancel）外加蒙太奇。暗沉餐室、空魚缸都是破敗家庭的象徵。

〈色，戒〉女主角出場：

酷烈的光與影更托出佳芝的胸前丘壑，一張臉也禁得起無情的當頭照射。——這是銀幕半身特寫（Medium Close-up）。

電影「造就」了張愛玲，電影也「供養」了張愛玲。電影曾是張愛玲最大的夢，雖未成真，卻也在其無以爲繼時屢屢伸出援手。從銀幕到生命，從早期奇裝異服招搖過市，到晚年仿效心儀巨星葛麗泰·嘉寶的隱閉不出；張愛玲以明星般的姿態，演繹出整幅電影人生。

電影既然影響張愛玲如此之深，我們不妨將她的電影生涯，概分爲下列幾個階段：

一、影評人時代

張愛玲係以「影評人」的身分開啓職業生涯：當太平洋戰爭爆發，回返上海的她無以爲生，開始寫作掙錢。她一共在《廿世紀》（*The XXth Century*）發表過六篇英文影評，包括古裝鉅片《萬世流芳》、中國首部大型歌舞片《萬紫千紅》，以及《梅娘曲》、《桃李爭春》、《浮雲掩月》、《漁家女》等。被她品評的明星有「四大名旦」的陳雲裳、袁美雲、顧蘭君，「四小名旦」的周璇、李麗華、王丹鳳、李香蘭、白光，還有「中國電影皇帝」劉瓊。有趣的是，日後她和李麗華、李香蘭、劉瓊都結下不解之緣。只是無論是影評樂評，鮮少有人能登堂入室、成為圈內人的，這點張愛玲亦不例外；但是這段時期，竟可看作養成教育的最後階段，待她神功初成，〈第一爐香〉問世，很快就名噪上海。

二、第一階段編劇

和電影再度結緣，張愛玲已經歷盡滄桑。抗戰勝利，張愛玲因敵偽關係被整個文壇封殺，此時文華請其編寫《不了情》和《太太萬歲》，有情有義如她，還把報酬卅萬元拿來資助流亡的胡蘭成；只是這段苦戀終究付諸流水。

《不了情》具自傳色彩：少女獨自謀生，介入別人家庭，乃至有個窩囊父恐怕都是「現身說法」。該片由「四大名旦」中的陳燕燕和劉瓊合演，前者產後復出，體型富態，只好穿著黑大衣晃來晃去，讓求好心切的張愛玲卅年後還說出「氣死人」的重話！（見《聯合副刊》重刊〈多少恨〉時，並引發陳燕燕、宋淇相繼出面。）不過這部戲之所以反應平平，除了陳燕燕號召已弱，張本身分場不均、對話欠自然亦應負責。有趣的是不少現代考證隨手抄抄廣告就說「廣獲好評」；其實張本身就是段數不低的影評人，如若反應熱烈，她幹麼還要「物盡其用」地再改寫成小說〈多少恨〉呢？

《不了情》和《太太萬歲》現已出土，兩者相較，有如天壤。《太太萬歲》是華人少數比美《假鳳虛凰》的「神經喜劇」（Screwball Comedy），此劇種源出百老匯，以充滿機鋒和成熟世故（Sophisticated Maturity）的都會風情著稱。演神經喜劇通常都要極溜的口條，《假》便仰賴李麗華和石揮兩大巨星爲文華打下江山。《太太萬歲》乃是跟風，亦成爲次年的票房冠軍！

由於《不了情》不夠成功，《太太萬歲》請不到李麗華、劉瓊這樣的頭牌挑梁。其實此劇源出英語話劇《說謊太太》，分場緊湊、跳接流暢，配上人情嫻熟的「張式工筆」潤飾，確實毫無冷場。卡司中領銜的蔣天流本非明星，倒是扮交際花的上官雲珠留名影史。她接連在《一江春水向東流》和《太太萬歲》出演這類女性，顯現「白相人」式的小資風情，備受毛澤東垂青。這位「主席的女人」文革時自然被江青找上，最後跳樓自殺。

張愛玲能逃脫文革清算，這還得歸功《太太》的「震撼教育」。文華表面開明、不若作《一江春水》的崑崙影業激進，實際亦屬地下共黨。左派拍《太太》這種小資喜劇，偏又出於「問題人物」張愛玲之手，當然導致上級抨擊。在群起攻之的情況下，張愛玲不單被批斷編劇之路，而且從此改以筆名謀生，這才動念赴港。

三、兩度結緣

匿名猛寫無法維持生計，加上美國之夢，張愛玲終於來到香港，再轉赴金元王國。五六年她結識劇作家賴雅，不到半年即結婚盟。賴雅在三〇年代應大導演約翰・休斯頓之邀赴好萊塢，但在混跡十二年後，影城淘盡了他的文才，變成過氣人物。張愛玲是否對其影城資歷有過幻想？這是不是接近好萊塢的一次機會？筆者不願如是揣測，卻也不敢完全否定這種可能。在進軍美國文壇失敗之後，張愛玲接受宋淇之邀，爲香港電懋編劇維生，一直到老闆空難逝世。這是她第二度劇作時期，而且因爲從此產量銳減，這些劇本竟成最後一批職業創作；個人認爲這是目前爲止，海內外仍未詳加鑽研的「張學黑洞」。

電懋前身爲國際，由猶太人歐德爾負責。由於當時香港最大影業——拍出《清宮秘史》、《翠翠》的永華賒欠過鉅，歐德爾便以最大債權人的身分接管片場。國際隸屬南洋的「國泰」財團，老闆陸運濤富於文化理想，遂成立劇本審查委員會，邀集戲劇大師姚克、哈佛文學博士孫晉三及宋淇、張愛玲等文化俊彥共同組成。其中耶魯畢業的姚克在上海復旦、聖約翰都教過戲劇，並寫出赫赫知名的《清宮秘史》；孫晉三係中央大學戲劇系教授，宋淇自己也是燕京大學講師，當時兩袖清風的張愛玲能晉身其間，當然得自宋淇力薦。

宋淇（林以亮）是戲劇名宿宋春舫之子，一九一九年生，留美歸來成立「同茂劇團」——據他所言整個班底被共黨滲透，勝利後都加入文華，因此有所警覺避居香江。宋淇再度從影起因嚴俊、林黛開拍《有口難言》，力拚李麗華，遂請他出馬編劇；宋和首度導演的婁貽哲及婁的摯友秦羽，結下一生的情誼。

永華終於解散，嚴俊、林黛、李麗華都加入國際；誰知嚴俊又和林黛鬧翻、投向李麗華，國際只好爲林黛重組班底。宋淇趁勢引進張愛玲，大獲成功，穩定的劇本收入，成爲張往後八年的經濟支柱。

電懋是全然的明星制，專拍類型電影（Genre Film）來烘托首席女星。由此可見，張愛玲的劇本都是「量身訂作」（當時亦如是宣傳），對其編寫明星有一定的認識。張愛玲對這批Diva類型的遵循和「體制內」的顛覆，就成爲探尋創作軌跡的重要資料。雖則對這批作品，一般總認爲「由於經濟拮据，多爲匆忙之作，同時又因電影公司約束，她也不能盡展個人風格。」並因此歸類列被左派嫌棄不置的《秧歌》、《赤地之戀》之流，牽拖成「在香港『又』一次不能自主的創作經歷。」但荒誕的是：論者其實無一熟識這些影片！實際上光從她爲待嫁娘葛蘭編寫《六月新娘》、爲供給弟弟留學的尤敏編《小兒女》，就知這種「量身打造」絕不可能是匆促之作。其中光是編《南北一家親》就耗時一年半，《紅樓夢》（可惜失傳）更可說是嘔心瀝血！比起通篇「參考」卻被名列「世紀華文百大經典」的《半生緣》（劇情主幹爲海蒂拉瑪〔Hedy Lamarr〕主演的《廉樸紳士》、曼楨被逼姦生子出自阮玲玉的《再會吧！上海》），原創性高下立判。這段五〇年代電影史由於兩岸各自表述、香江本地又因重商成習汰換不留痕跡，一直充滿各吹各把號的謬誤。筆者將試圖運用電影史觀、配上張的創作脈絡，來探討其創作思維；希望爲張愛玲的文學成就，作更全面的釐清。

張愛玲與林黛

作品：《情場如戰場》（*The Battle of Love, 1957*）

林黛是桂系軍閥程思遠之女，亦爲白先勇先生家裡的童年舊友。她因演出《邊城》裡的翠翠一炮而紅，成爲當時「村姑歌唱片」的濫觴。林黛本人生性倔強，被批只能演村女後立誓轉型，就在這時遇上張愛玲！

林黛兼有女孩和女神的性感，她的嬌氣攙雜了百分百的自信，大大增強了引領觀眾交流的說服力。這位嬌豔無匹的一代豔后固然擁有大批男性粉絲；但長期的荊釵布裙扮相，又好打抱不平，緩和了過火的美，亦吸引蜂擁的女影迷。此時她的觀眾基礎已極深厚，轉型只不過是水到渠成；張愛玲得到這個機會，固然出於才氣，也不能說沒有幾分幸運。

曾有港人批評《情》片充斥汽車、別墅、泳池脫離當時現實，這是只知其一不知其二；張愛玲雖然「只是」改編《溫柔的陷阱》（*The Tender Trap*），她卻大膽打破框架，要一向扮村姑的林黛出演反派女主角！林黛先搶姊姊的心上人陳厚，復又勾引劉恩甲，原只爲求表哥張揚注意，這些波折都帶來更多眞實人性：她的嬌媚帶有一絲淘氣，那任性是可包容的、小女孩的任性，看她淋漓盡致地享受青春，無時無刻不潑濺生命力，眞讓人充滿欣喜。本片當時打破香江國片票房紀錄，林黛一躍爲最摩登、明媚的都會偶像，奠定往後

《溫柔鄉》、《千嬌百媚》的基礎，和《貂蟬》同爲最重要的轉型之作！可惜該片在台灣票房平平，導致爲右派影史輕忽。

張愛玲與秦羽

《情場如戰場》是林黛唯一的「雙女主角」作品；邵氏曾要撮合她和李麗華合演《傾國傾城》、和葉楓合演《藍與黑》都未成功。快人快語的葉楓被徵詢時哼道：「爲什麼人家是藍，我卻要當『黑』呢？」最後「黑」由二路的丁紅上陣。

能讓林黛願意共事，可見秦羽來頭不小。秦羽又名秦亦孚，香港大學畢業，是當時學歷最高的電影明星。她在念書時即和葛蘭、鍾情、李湄、周曼華一同演出《碧血黃花》，後因話劇《清宮怨》爆紅，BBC請她飛到倫敦主演《秋月茶室》（銀幕版由馬龍白蘭度、葛倫福特、京町子主演）。秦羽的英文造詣廣獲好評，是當年的風雲人物。

秦羽出身名門，其母爲北洋名媛朱五。她和胡蝶皆因馬君武的〈哀瀋陽〉而蒙冤：「趙四風流朱五狂，翩翩胡蝶最當行，溫柔鄉是英雄塚，那管東師入瀋陽。」當初此詩係爲諷刺張學良丟掉東北而作，卻未必切合事實。朱五乃北洋交通總長朱啓鈐之女，下嫁朱光沐後生下朱萱，及時將產業遷港，仍然持盈保泰；朱萱從影後改名秦羽，和張愛玲算得上兩代交情。

秦羽係大家閨秀，囿於教養，《情場如戰場》是其最後演出。她後來變成當時最富盛名的劇作家，擔任電懋編劇主任，給予張愛玲不少協助。秦羽曾以《星星月亮太陽》和《蘇小妹》兩度獲得金馬獎，並替美新處翻譯亨利．詹姆斯的《碧廬冤孽》（The Turn of the Screw）。

張愛玲與李湄

由於《情場如戰場》開出紅盤，張愛玲被視作一大賣點，第二齣戲立刻被排上元旦檔！這部《人財兩得》（*A Tale of Two Wives*）由李湄、陳厚、丁皓合演，三人都是神經喜劇好手。

李湄是秦羽之外另一常執筆的女星，她的銀幕形象世故嫵媚，喜怒嬌嗔都帶有一股深沉的韻味。她和葉楓皆繼承了白光那種最珍罕的品質——嘲弄；這也是張愛玲最出類拔萃的本領，兩者搭配非常契合。只是李湄的冷傲更凜烈些，常常遮掩了眉宇下的淒豔華美，也使得她的觀眾群偏向都會；但識者往往不肯忽略這層特質，散文名家張曉風，就是李湄的讚賞者。

李湄在本片飾演一位離婚婦女，爲了遺產回頭找陳厚重修舊好，造成現任妻子丁皓的苦惱。在那些摩登、世故、女強人式的征戰中，李湄那銳利的凝視往往更增添了誘惑；只有在過後疲憊的眼神，才不經意地流露出（道德的）失落感。李湄出眾的風度，即使在打壞主意時亦不肯喪失一絲淑女的高雅，主角最後的迷途知返，帶給觀眾心靈上的昇華。

《人財兩得》被排在一九五八年一月一日，按理來說堪稱強檔，可惜賣座不如預期，使得張愛玲下部作品被降爲B級。不過這齣戲出奇成功，不但立刻使張重回一線，並且捧出影史一顆熠熠紅星。

張愛玲與葉楓

作品：《桃花運》（*The Wayward Husband*, 1959）／《一曲難忘》（*Please Remember Me*, 1964）

葉楓從影非常曲折，雖是後起之秀，但明星丰采強烈，慣以浪漫巨星、大美人的絕代風華出現。爲她打造出這種派頭的，正是張愛玲。

葉楓長於台灣。五四年尋門路飛到香江，考入永華；不料永華竟在此時停擺，害得葉楓以一介少女，舉目無親地在香江熬過三年！三年後她拜秦羽退出影壇所賜，頂進《四千金》之列，復以伊士曼七彩的《空中小姐》，展現其逼人豔色，終於在《桃花運》中，升格為女主角。

葉楓的美帶著些佻達倔強——常見一抹玩味兒的媚笑掛在嘴角，秀髮一撇，餘光掃過，有如無數把飛刀迎面撲來！除此之外，她的體態常流溢出好整以暇的慵懶——就是這分輕鬆感，使她在《桃花運》的誘人出軌因此褪卻罪惡；《桃花運》五八年首先在台上映，台灣鄉親大捧場，竟意外賣進年度票房十大！插曲〈家家有本難唸的經〉傳唱至今。《桃花運》中的葉楓，是征服情海的大冒險家，進退之間泰然自若，煙視媚行不帶一分世俗的塵埃；後繼如何莉莉雖也豔倒群芳，相形之下就沾染上阿哥哥女郎的俗套。《桃花》過後葉楓節節高升，終在《星星月亮太陽》和尤敏、葛蘭鼎足而三，並在戲外擄獲張揚。兩人婚後合演《一曲難忘》，未待上映，葉楓隨即跳槽！這對所有張迷來說有些可惜，因為她未開拍的《魂歸離恨天》，可能正是為野性難馴的葉楓所作。只是《魂歸離恨天》的場次與好萊塢的版本太過雷同，張的用心遠遠不如《一曲難忘》。

葉楓在《一曲難忘》變成羅曼史中千古長恨的女神：哀怨、飄零，還有令人震懾的歌聲。《一》片改編自《魂斷藍橋》，那首著名主題曲光是國語版就不知翻唱幾回（包括李麗華、白光、潘秀瓊），但無人及得上葉楓的〈除夕念故人〉。該劇以香港淪陷替代大戰時的英倫，葉楓飾演的歌女，眼眸流淌著夕陽將盡的悲哀。但她的生命力畢竟更勝纖弱的芭蕾舞孃費雯麗，終於捱到了相聚的一刻。如果說，費雯麗在最後滑鐵盧橋閃著尋死的眼眸在星群中也放光，那麼葉楓的〈我的愛人〉、〈幸福無涯〉亦堪稱盪氣迴腸。這是葉楓的歌唱代表作，白先勇先生曾說葉楓是拍〈謫仙記〉的最佳人選。

張愛玲與葛蘭

作品：《六月新娘》（*June Bride*，一九六〇年一月二十八日春節檔）

五〇年代銀壇群芳中，葛蘭的清朗少了分令人一探究竟的神祕，她因此勤練各項才藝，變成「最用力的女星」。她的聲樂、崑曲、京戲、爵士、舞蹈樣樣使得，但有時（如《野玫瑰之戀》）不免流於虛張聲勢。坦白說，我自己並不認爲她在《星星月亮太陽》、《啼笑姻緣》這種彩色鉅片表達出個人特性，倒是張愛玲爲她編的《六月新娘》（她次年就結婚了），濃妝卸盡，顯得分外可親。

不過，這是張愛玲較弱的作品；尤其仿效百老匯音樂劇的「夢幻芭蕾」（Dream Ballet），場面更顯突兀。《西城故事》、《花鼓歌》中的夢幻芭蕾，歌舞編排全都賦予劇情連貫的意義，這不是華人非驢非馬的模仿（一直到現在仍舊如此）所能比擬；當葛蘭唱起〈迷離世界〉和喬宏、田青等人周旋，無人能以舞藝詮釋出多角糾纏的複雜情境。值得注意的是張愛玲在明亮中並未一逕樂觀，再度複製了《不了情》裡老父向女兒男友打秋風的意圖。這種男性的自私，從〈第一爐香〉、〈封鎖〉到〈色，戒〉，貫穿了張愛玲的創作生涯。

張愛玲與《南北》系列

作品：《南北一家親》（*The Greatest Wedding on Earth*, 1962）／《南北喜相逢》（*The Greatest Love Affair on Earth*, 1964）

提到《南北》系列，要從《南北和》（*The Greatest Civil War on Earth*）說起。《南北和》原是宋淇響應濟貧運動所編寫的話劇劇本，描寫南遷移民和香港本地人雞同鴨講的喜趣。由粵籍的林翠、黃河（其實皆非港人）和所謂「外省掛」的葛蘭、張揚組成雙生雙旦，搭配劉恩甲、梁醒波等肥星雙聲帶演出。由於卡司強勁、構思新奇，公演時造成轟動，遂被電懋拿來捧新人，換上丁皓、白露明掛帥：結果上片後橫掃香港中西票房，就連聽不懂粵語的台灣，也高居年度票房亞軍。由此可知，《南北》系列賣的是群戲，也是張愛玲不用顧及「明星光環」的作品。

《南北和》本輕利重，賣的只是宋淇的奇想，剽竊極易：不單邵氏立刻跟進《南北姻緣》，連台灣都搶拍國台語抬槓的《宜室宜家》。眼看別人占便宜占得不亦樂乎，爲何電懋的續集卻遲遲不見動靜？因爲劇本交給了慢筆——張愛玲！

張愛玲雖兩度旅港，廣東話卻不靈光；宋淇有心保送好友，對她來說不見得是易事。《南北喜相逢》改編英國話劇《眞假姑母》，《南北一家親》署名「原著秦亦孚」，要從劇情去作文本分析，恐怕已不恰當；加上粵語對話亦要仰仗宋淇、秦羽加料，張的血源應該已降至甚低。不過即便如此，比較她和宋淇的場面調度，仍然極具意義。

宋淇有文人架子，《南北和》的節奏輕盈卻不緊湊，笑果也僅限於誤會、鬥氣；相形之下張愛玲就深知戲劇賣點爲何：《一家親》裡她讓兩肥大戰，梁醒波被打傷了，還露出一身「精肉」讓雷震診治，畫面十分「肉緊」。《喜相逢》中梁醒波易弁爲釵，吸引劉恩甲前來偷香竊玉；不料不知情的白露明卻要同這反串「姑媽」同榻，加上怕梁染指的雷震一路尾隨，四人衝突一觸即發，場面熱鬧非常。觀眾到這時才驚喜：別瞧這位祖師奶奶，她非但不古板，還紆尊降貴地在那裡搞笑呢！加上《喜相逢》中鍾情、白露明還上演泳裝出鏡，如若看到觀眾口水直流，張愛玲大概也會忍俊不住吧！

眾所周知，張愛玲是新文學以來「有數」的文體家，其描寫之雕梁畫棟，向來不在話下；到編寫以對話爲主的劇本時，她並未將這門功夫擱下：《喜相逢》中鍾情扮湯采蘋，白露明扮李倩荔，對比梅妃江「采蘋」和嗜食「荔」枝的楊貴妃，就明白這故事後的「環肥燕瘦」之意。片中兩位女主角，就如同天底下所有女子，當她們面對愛情征戰，各個都認爲是「世上最偉大的事」（The Greatest Love Affair on Earth）！

雷震、白露明、劉恩甲、梁醒波是演全《南北》系列的明星。其中梁醒波成爲香港史上第一位獲頒MBE勳銜的演員，備受尊崇。這兩部劇本的轉讓襄助，堪稱宋淇、秦羽對友誼的偉大證明。

張愛玲與尤敏

作品：《小兒女》（*Father Takes a Bride*，一九六三年十月二日中秋檔）

從洋名《爸爸娶新娘》來看，小兒女「們」也包括了尤敏。儘管這位清麗的女主角相當執拗的，意欲長姊代母獨力撫養兩個弟弟。

尤敏當年綺年玉貌，輕顰淺笑裡盡是溫柔，是風靡整個東亞的「玉女」。她演《小兒女》時聲望最隆，那靈犀間充盈著一股氣度，凝眸顧盼卻有穿雲裂石的拗韌。她的「小兒女」式情懷——從情竇初開到鑽牛角尖無不楚楚動人，和雷震台上台下對戲，更是牽動影迷。

「小兒女」之名出於杜甫的「遙憐小兒女，未解憶長安」，由此可見「長安」與「小兒女」的相對性；我們只要想到〈金鎖記〉中的長安不單被母親整個半死，餘如貌僅中姿、仕讀常丟三落四、生了痢疾家裡也不延醫……等均雷同，就應知道張愛玲對這個角色的投射。張愛玲固然遭受後母虐待陷害，然而當自己也成為別人的後母，她難道不曾對「無論如何不能讓這件事發生，如果那女人就在眼前，伏在鐵欄杆上，我必定把她從陽台上推下去，一了百了。」產生反省？《小兒女》中尤敏牽領鄧小宇（後來主掌香港《號外》）、鄧小宙反對王萊入門，最後終於冰釋，由此可見她的人生歷練，促使視野（Vision）成長。唯有如此，才有往後的〈色，戒〉。

從〈第一爐香〉起，張愛玲一直關注一種「女人何苦爲難女人」的感慨：女性不單鬥得死去活來，經驗豐富、較年長的「怨女」基於妒恨，下手往往比整個封建父權更加凶殘！這從〈金鎖記〉、〈連環套〉、〈傾城之戀〉、〈花凋〉一直到《十八春》皆是如此。只有經過《赤地之戀》和《小兒女》的轉折，才能過渡到《怨女》和〈色，戒〉。光憑這點，《小兒女》就應看作張愛玲的重量級作品。

只有當她體認到：不再把自身經歷當作牢不可破的寫實重心，對「同爲女性」的體認才會更加深刻；也才不會再把《怨女》的重心放在母女彼此傾軋；一直到最後的〈色，戒〉，張愛玲明顯領悟出這批女主人翁的悲劇主要癥結出於男性父權的舊式結構，看透了這類所謂「成熟」男子的自私，才打破了部分論者一直言之鑿鑿的「戀父情結」。

壯志未酬

整個五〇年代是李麗華和林黛一路纏鬥，待電懋力捧尤敏，整個天下才變成三分鼎立。對這位「電懋之寶」，公司的最大期望自然不可能僅止於《小兒女》。一九六一年十一月一日電懋宣布：尤敏、葛蘭、李湄、葉楓、雷震、張揚將全體總動員，演出豪華古裝大戲《紅樓夢》！

電懋先前已經在全東南亞舉行十萬票選，尤敏是眾望所歸的林黛玉，「潑辣旦」李湄是渾然天成的王熙鳳，葉楓因有「睡美人」渾號，詮釋「史湘雲醉眠芍藥裀」備受期待；而從電懋之前一連開拍《花好月圓》、《珍珠淚》、《萍水奇緣》三齣古裝片皆由雷震擔綱來看，他應該是公司屬意的賈寶玉。至於編劇，秦羽是清宮文物藏家、林以亮是紅學專家，但兩人一致禮讓給張愛玲。不料他們的好意，最後卻演變成張愛玲揮之不去的夢魘！

張愛玲對《紅樓夢》的感情是不難猜想的：從年少創作《摩登紅樓夢》，到晚年寫出整本考證，她對得到這個機會無疑相當感激；上下兩集、一萬港幣的編劇酬勞，在當時也創下紀錄。但是以她個人體認，和整個影壇「少男少女」的期盼實在落差太大，光是一再磋商、改寫就耗盡心神；屋漏偏逢連夜雨，賴雅卻在這個節骨眼上中風，更是雪上加霜。因爲缺錢，她竟只好心急如焚地先到香港趕稿賺錢（這造成賴雅之女對她終身誤解）！如果能隨手交出幾齣「神經喜劇」，她就可以立即飛返北美，不幸的是——偏偏卡在《紅樓夢》上。根據部分史料，張愛玲當時甚至寫到眼睛充血！如此焚膏繼晷趕完，電懋對手邵氏已經交付樂蒂搶拍——就是這部邵氏《紅樓夢》引進新人小娟，後來這個改叫凌波的女孩不單改寫影史，也阻斷了電懋霸業。

張愛玲終於回到美國，趕劇本不單趕得她健康透支，也趕傷了脾胃。她交出的最後劇本《魂歸離恨天》，由《咆哮山莊》改編，僅僅廿六場，和《小兒女》、《太太萬歲》的五、六十場相比，粗糙自不待言。

一九六四年，陸運濤空難，電懋黃金時代結束。

一九六七年，賴雅去世。

一九七二年，張愛玲移居洛杉磯，開始隱居。

身為後輩，有時不禁以一種遙遙追溯的角度凝望她：她快樂嗎？她後悔嗎？當她趕到兩眼充血還是不得不寫，她如何看待自小的天才夢？她的藝術我一輩子都望塵莫及，為何這樣還得不到幸福？當她「參考」別人、也不斷被剽竊的時候，她禁得起這樣的撕扯嗎？

遺憾地淡出

每則傳奇的背後，幾乎都糾結著難以釐清的謎。所有瑣碎、煩冤的流言終會在歷史長河中化爲泡沫沉澱，時間的煉金術，將張愛玲坐化成一尊煙火鼎盛的香爐。盲目膜拜的信眾，忘了她也曾爲生活奔走、忘了她如何爲稻粱謀，忘了她即使在最困難的時候仍然保持著文字的志業，更一廂情願地忘了：自己也可能是當初非難她、排擠她、所指千夫的子子孫孫！即使謀生是那樣地不得已，無論是編劇本、寫小說，她筆下的庶民風景迄今仍是蔥綠花錦、鮮豔奪目——套句她自個兒的話：「那注視裡，還是有對這世界難言的戀慕。」

當《色，戒》開拍的消息傳來，我心裡一動：李安到底把她帶到好萊塢了！

如若她還活著，擁有這麼多華文讀者的愛，不到好萊塢應該也不要緊了罷？

關於〈色，戒〉，據報載李安認爲張愛玲是借題發揮，宣洩對也是漢奸的胡蘭成的厭恨。我覺得若將張愛玲看得更超然些，不妨將之和〈封鎖〉比對。〈封鎖〉寫在結識胡蘭成前，「乖」女孩翠遠爲了賭氣竟欲嫁給萍水相逢的無賴：「她家裡的人——那些一塵不染的好人——她恨他們！他們哄夠了她。他們要她找個有錢的女婿，宗楨沒有錢而有太太——氣氣他們也好！氣！活該氣！」

在〈封鎖〉中，翠遠的夢僅限於「精神上的冒險」，「封鎖期間整個上海打了盹，作了個不近情理的夢。」——這裡的「夢」若換成「戲」，翠遠就變成了〈色，戒〉的王佳芝。作戲，不就是作夢麼？

看過〈封鎖〉，胡蘭成找上門去。女間鄭蘋如刺殺丁默邨的故事，就是他告訴她的罷！烈士鄭蘋如，謀刺漢奸丁默邨未遂，殉國時年僅廿三歲。本身正與漢奸熱戀的張，如何看她？又如何透過她來看待女性的命運？整整三十七年，她寫出了〈色，戒〉，寫盡中年男子的自私薄倖。晃眼又是卅年，〈色，戒〉拍成電影。

遙想鄭蘋如殉國、遙想張愛玲棄世，即使感嘆我們仍要說：傳奇！眞是中國傳奇！

二〇〇七年九月《聯合報》副刊

1

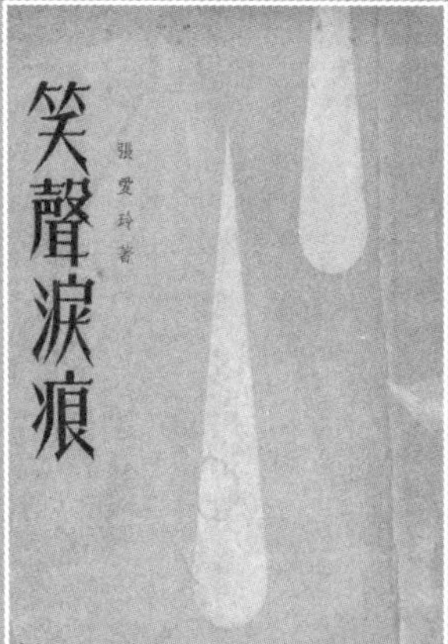

2

3

1 《中國現代小說史》友聯初版封面。夏志清率先肯定張愛玲的文學成就，在崇洋的年代為張愛玲打開台灣的康莊大道。

23 張愛玲走紅之後開始出現偽書，證明她的號召力。《笑聲淚痕》甚至「逼」使她擠出一篇新散文，成為著名的文壇公案。（「舊香居」提供）

張愛玲電影作品一覽

本文爲張愛玲電影作品年表及演職員大綱，演職員表參考原先上片排名、重要性及對製作的權力比重程度排列。

上海時代

一、不了情

譯名：*Unfinished Love*

張愛玲第一部電影，以當代爲背景

片型：文藝愛情悲劇

領銜主演：陳燕燕（1915-1999，飾虞家茵），劉瓊（1913-2002，飾夏宗豫）

出品：文華影業公司，一九四七

導演：桑弧（1916-2004）

編劇：張愛玲

攝影：許琦、葛偉卿；剪輯：傅繼秋；音樂：章正凡；錄音：吳江海、林聖清；佈景：王月白；化妝：戚秋鳴；劇務：吳劍晃；洗印：許荷香、李德興。

演員：路珊（飾姚媽），張琬（飾夏太太），林榛（飾范秀娟），曹韋（飾夏宗麟），彭朋（飾夏亭亭），葉明（飾廚子），嚴肅（飾虞父），孫儀（飾二房東）。

劇情：描述家庭教師虞家茵介入工廠經理夏宗豫家庭的悲戀故事。家茵某日在戲院與一陌生男子邂逅，而後應聘至夏家任教，才知該男子恰巧便是男主人夏宗豫。家茵與夏宗豫墜入愛河，但由於傭人姚媽不斷搬弄是非，加上夏太太體弱多病，以及自己遊手好閒的父親上門打秋風等波折，勾起女主角童年的陰影。最後家茵爲了不拆散對方家庭，凄然離去。

中共影史評爲：充滿了小資產階級感傷情調。

注釋

成書之際，將張愛玲關於首部電影作品的資料略附於下。

一九八二年十一月二十二日《聯合報》副刊重刊〈多少恨〉，張愛玲特別寫了前言，可能因爲顯得有點「計較」，之後成書多半刪了——我自己倒是瞅著有趣，轉抄於此，以供來者研究便利。

一九四七年我初次編電影劇本，片名《不了情》，當時最紅的男星劉瓊與東山再起的陳燕燕主演。陳燕燕退隱多年，面貌仍舊美麗年輕，加上她特有的一種甜味，不過胖了，片中只好儘可能的老穿著一件寬博的黑大衣。許多戲都在她那間陋室裡，天冷沒火爐，在家裡也穿著大衣，也理由充足。此外話劇舞台上也有點名的潑旦路珊演姚媽，還有個老牌反派（名字一時記不起來了）演提鳥籠玩鼻煙壺的女父——似是某一種典型的旗人——都是硬裡子。不過女主角不能脱大衣是個致命傷。——也許因為拍片辛勞，她在她下一部片子裡就已經苗條了，氣死人！——寥寥幾年後，這張片子倒已經湮沒了，我覺得可惜，所以根據這劇本寫了篇小說〈多少恨〉。

一週過後剛好陳燕燕來台拍戲，當被問到陳燕燕表示有一點需要澄清。她說，文中指她那時因爲「胖了」，所以在片中「只好儘可能的老穿著一件寬博的黑大衣」，並且「在家裡也穿著大衣」，而氣人的是「她在她下一部片子裡就已經苗條了」；其實與事實有出入，她記得在室內穿的是藍布旗袍加滾邊的背心，不可能穿大衣，何況她那時才三十左右，還不到發胖的年紀，也許是年深月久，張愛玲也記不清楚了。

張愛玲對另闢戰線的寫作事業出師不利耿耿於懷（證諸獲得《中國時報》文學獎時重提當年〈西風〉僅得第十三名是另一例），芳華已逝的女明星卻執著於數十年前形象的維護，這場口水戰本已來得可笑；不料一向最護著張愛玲的宋淇見狀也跳出來發言，聽語氣有若飛沫四濺：「陳燕燕在報上闢謠說沒有那回事。我去看過電影，陳燕燕胖得要死，因爲剛生過孩子，身段沒有了。」

想著以詩評家自居的林以亮爲著女明星的胖瘦出來攪和這場對口，眞稱得上新文學史上的「世說新語」。其實是人都會老，陳燕燕能得到〈多少恨〉描述：「穿著黑大衣，亂紛紛的青絲髮兩邊分披下去，臉色如同紅燈映雪。她那種美看著彷彿就是年輕的緣故，然而實在是因爲她那圓柔的臉上，眉目五官不知怎麼的合在一起，正如一切年輕人的願望，而一個心願永遠是年輕的，一個心願也總有一點可憐。她獨自一個人的時候，小而秀的眼睛裡面便露出一種執著的悲苦的神氣。」比任何膠卷都更能記錄下她那永恆的容顏。如今張陳皆得道歸山，一代巨星早已光芒褪盡，張愛玲卻越發絢爛，陳燕燕有知，也許該感謝這個別的女星求都求不來的運氣。

二、太太萬歲

譯名：*Long Live the Wife*

片型：諷刺喜劇

出品：文華影片公司，一九四八

導演：桑弧

編劇：張愛玲

主演：蔣天流（飾陳思珍），石揮（1915-1957，文革時含冤逝世。飾陳父），張伐（飾唐志遠），上官雲珠（1920-1968，文革時含冤自殺。飾施咪咪）

攝影指導：黃紹芬（爲陳燕燕前夫，中國影史上著名攝影大師）

攝影：許琦、葛偉卿；剪輯：傅繼秋；監製：陳景亮、林志鋒；編輯：江海、黎田；錄音：沈軼民、朱偉剛；音樂：章正凡；佈景：王月白；化妝顧問：辛漢文；劇務：吳劍晃；洗印：許荷香、杜振昆；服裝：戚秋鳴。

演員：路珊（飾婆婆），韓非（飾陳思瑞），汪漪（飾唐志琴），孫儀（飾張媽），林榛（飾陳母），金剛（飾店員），崔超明（飾楊律師），田振東（飾老周），蘇芸（飾馬琳琳），曹韋（飾薛副理），程之（飾施尤），高笑鷗（飾新朋友）。

劇情：陳思珍在唐家堪稱賢妻良母。除了應付頑固迷信的婆婆，幫傭張媽心直口快，亦常令其傷神不已。思珍夫志遠抑鬱不得志，為了讓丈夫開辦公司，思珍對吝嗇老父撒謊，終於說動父親投資。業務辦起來了，志遠也發了財，卻在社交場合誤中交際花施咪咪的圈套，和對方同居。

陳思珍得知丈夫外遇後忍氣吞聲，卻導致婆婆也開始對她產生微詞。而後唐的公司破產，思珍的吝嗇老父上門討債，施咪咪也借機恐嚇詐財，陳思珍卻在此時顯現了臨危不亂的本領。在思珍周旋之下，志遠終於度過難關，她卻感覺到不能再和丈夫生活下去，相約一起去律師處辦離婚手續。

在律師事務所中，思珍弟和小姑衝破家庭壓力，也到該處登記結婚。面對他倆，陳思珍不便說係來離婚，便說特地為新人祝福而來；待弟弟走後，思珍和唐在律師調解下，又破鏡重圓。本片中話劇天王石揮發揮鬼才本領，超齡扮演思珍之父，禿頭梳髮一幕堪稱經典。扮演思珍之弟的韓非，亦為中國影史上的重要演員。

三、金鎖記（未拍）

劇本寫定未拍，且劇本迄今失傳。

預定由文華製作出品，桑弧導演，話劇界「四大名旦」中的張瑞芳演出曹七巧，若完成，將會是張愛玲第一齣民初片。後世論者如水晶皆認爲係因戰亂造成拍片延宕，筆者並不作如是想，請參閱〈張愛玲的電影時代〉的「第一階段編劇」部分。

有一頗爲流行的說法：認爲此一時期的《哀樂中年》亦出自張愛玲之手。坦白說，如果《哀樂中年》眞係張愛玲創作，那麼該劇將成爲一個絕無僅有的特例！張愛玲對中年男性的刻畫並不拿手，亦無好感；非但港台劇本無一以此爲主角，就算是小說也僅數得出《琉璃瓦》、《留情》及末期的〈色，戒〉等。此說法出自宋淇，但他發表該言論僅係私下臆測，既乏證據，更無代表性。宋淇觀看《哀樂中年》時尚未結識張愛玲，作此推論僅因認定《哀》同出於桑弧之手，且《哀》要比《不了情》、《太太萬歲》出色太多，「理應得到張愛玲的協助」。這個推測非但牽強且缺乏影史常識，對桑弧甚至張愛玲亦不公平。在中國影史上桑弧比張愛玲偉大得多（反共的宋淇自然不作如是想），如果僅把張愛玲捧成不世出的天才而貶抑其他俊傑，那麼張愛玲又爲何會對庸碌之輩推崇、且與之合作無間呢？受到《哀樂中年》影響，張日後亦創製衝突點近似的《小兒女》；可是兩者非但戲劇重心迥異，關懷層面亦左右有別。在目前毫無佐證且張愛玲本人否認的情況下，筆者反對將《哀樂中年》納入張愛玲作品之列。

香港時代

一、情場如戰場

譯名：*The Battle of Love*

原名：情戰，爲張愛玲第一個在香港電影劇本。名編劇秦羽最後演出。

出品：國際電影公司

片型：愛情喜劇

公映日期：一九五七年五月廿九日

領銜主演：林黛（1934-1964自殺。飾葉緯芳），秦羽（秦亦孚，飾葉緯芩）

導演：岳楓（1909-1999。知名導演，其妻即爲主演話劇《傾城之戀》的羅蘭）

主演：張揚（1930-，飾史榕生），陳厚（1931-1970腸癌病逝。飾陶文炳）

監製：鍾啓文

編劇：張愛玲

製片：宋淇

助理導演：徐行；攝影：范傑；攝影助理：劉岐；剪接：王朝曦；錄音：孫冰韻；錄音助理：蘇開邦；音樂：李厚襄；燈光：黃文生；劇務：藍偉烈；佈景：包天鳴；美術：趙傑；化妝：方圓；洗印：李德興；服裝：陳永立；劇務主任：屠梅卿。

演員：劉恩甲（1918-1968，飾何啓華），徐行（飾葉父），高翔（飾葉母），譚景文（飾王壽南），張彼得（飾壽南之子）。

劇情：富家千金葉緯芳活潑嬌媚，以征服男人爲樂，其實目的皆爲引起表哥史榕生的醋意，偏偏史榕生非但無動於衷，還常教訓緯芳。史榕生的好友陶文炳在舞會裡認識緯芳，他向榕生借葉家在郊外的別墅充闊，請緯芳到別墅玩，反被其捉弄，令文炳尷尬不已。文炳偶然間認識了緯芳的姊姊緯苓，兩人皆雅好集郵，文靜內向的緯苓因而對文炳暗生情愫。

某日葉家宴客，史拉陸文炳作陪，炳求之不得。緯芳明知姊姊喜歡文炳，卻仍對文炳示好。此時考古學家何啓華教授也來了，見緯芳外形亮麗，心生傾慕，緯芳亦親暱以對。故意周旋於陸、何之間，一再挑撥，終於導致二人爭風吃醋大打出手，勸架的史榕生亦掛彩。緯芳腳踏兩條船的行徑被文炳、啓華發現；最後在兩男聯手相逼之下，緯芳向榕生表白愛意。生欲逃避，卻不敵芳的魅力。緯苓則與文炳互訴情衷，湊成另外一對。

主題曲：〈情場如戰場〉作曲：王福齡；作詞：陳蝶衣；主唱：劉韻。

（本片在香港連映廿二天，總票房港幣十五萬四千餘元，觀眾超越廿萬人次，打破香江國片票房紀錄。）

二、人財兩得

譯名：*A Tale of Two Wives*

出品：國際電影懋業有限公司

片種：諷刺喜劇

公映日期：一九五八年一月一日

領銜主演：李湄（1929-1994 癌症病逝。飾于翠華）

導演：岳楓

主演：陳厚（飾孫之棠），丁皓（1939-1967 自殺。飾方湘紋）

監製：鍾啓文

編劇：張愛玲

製片：宋淇

助理導演：徐行；攝影：范傑；佈景：包天鳴　；剪輯：王朝曦；錄音：孫冰韻；音樂：綦湘棠。

演員：劉恩甲（飾裁縫），徐行（飾高律師），莊元庸（飾趙太太），李允中（飾蔣醫生），劉仁傑（飾理髮師），劉西蒙（飾房東太太），楊易木（飾偵探），藍偉烈（飾偵探），吳莎（飾護士）。

劇情：貧困的作曲家孫之棠本已與于翠華離婚，孫又另外再娶方湘紋。方湘紋不久即懷有身孕。某日于翠華獲悉其三叔過世時將百萬遺產贈與孫之棠的兒子，另附但書聲明若孫之棠在限定時間之內無子，百萬則由翠華繼承。唯她三叔至死不知姪女已經離婚。如今爲獲百萬遺產，翠華遂返港施展渾身解數誘惑孫之棠，令方湘紋醋意大發。三人糾葛不斷。

翠華和孫離婚時之證人肥婆突然上門大哭大鬧，原來六年前兩人在爪哇離婚時託肥婆夫婦作證，四人皆不懂官方文字荷蘭文，簽錯位置，導致離婚的變成肥婆夫妻。翠華得知自己離婚不成立，十分高興，堂而皇之搬入孫家，仍以孫太太自居。待產的方湘紋和翠華屢起衝突，激動之下突然臨盆。目睹自己子女出世，孫之棠最終決定放棄遺產，與方湘紋長相廝守；翠華則以百萬繼承人的身分離去。

三、桃花運

譯名：*The Wayward Husband*

原名：拜倒石榴裙

出品：國際電影懋業有限公司

片型：諷刺喜劇

公映日期：一九五九年四月九日

導演：岳楓

主演：葉楓（1937-，飾丁香），陳厚（飾陳乃興），劉恩甲（飾楊福生）

監製：鍾啓文

編劇：張愛玲

製片：宋淇

助理導演：王星磊；攝影：董紹詠；錄音：孫冰韻；剪接：王朝曦；美術：費伯夷；佈景：包天鳴；音樂：綦湘棠；作曲：姚敏（1917-1967 中風）；作詞：李雋青。

演員：王萊（1927-，飾瑞菁），吳家驤（1919-1993，飾一號侍者），王沖（飾陶先生），楊群（1935-，飾樂師小王），田青（1935-1993，飾樂師小李），朱少泉（飾二號侍者）。

劇情：楊福生與其妻瑞菁以多年積蓄開設貴妃酒家，爲招攬生意，請來號稱「青春歌后」的丁香獻唱。不料丁香色藝俱佳，福生竟爲之傾倒。福生展開追求，丁香的未婚夫陳乃興一看苗頭不對，夜夜到場接送。直到福生砸下銀彈攻勢，丁香畢竟年輕識淺，眼見乃興阮囊羞澀，在福生大獻殷勤之下，即轉投老闆懷抱。

丁香許諾只要福生離婚即願結連理，福生遂向瑞菁提出離婚。瑞菁表面不動聲色答應，卻暗助乃興絕地反攻。此時福生心中有愧，將家產全部交給瑞菁，當丁香得知福生已身無分文，即與之絕交。陳乃興責備丁香拜金，一番波折之後，丁香終於明白乃興才是心中所愛，終允所求。當乃興與丁香互訂鴛盟，瑞菁贈送一筆爲數可觀的賀禮，一文不名的福生見狀，終於對所謂的「桃花運」大夢初醒。

主題曲：〈桃花運〉作詞：李雋青；作曲：姚敏；幕後代唱：潘秀瓊。

電影插曲：〈野花香〉、〈家家有本難念的經〉、〈家花哪有野花香〉作詞：李雋青；作曲：姚敏；幕後代唱：潘秀瓊。

（本片名列民國四十七年台灣十大賣座名片第十位，光是台北一地觀眾幾近七萬七千人次，收入達廿九萬七千九百九十七元。）

四、六月新娘

譯名：*June Bride*

出品：國際電影懋業有限公司

片型：愛情喜劇

公映日期：一九六〇年一月廿八日

領銜主演：葛蘭（1934-，飾汪丹林），張揚（1930-，飾董季方）

導演：唐煌（1916-1976）

編劇：張愛玲

監製：鍾啓文

製片：宋淇，馬叔庸

助理導演：吳家驤；音樂：姚敏；作曲：姚敏；作詞：易文（1920-1978）；攝影：黃明；攝影助理：李九；美術：費伯夷；錄音：孫冰韻；剪輯：王朝曦；燈光：林偉；燈光助理：李九；服裝：汪志良；化妝：方圓；置景：包天鳴；陳設：林天心；劇務主任：屠梅卿；劇務：劉志中；洗印：李德興。

演員：喬宏（1927-1999，飾麥勤），蘇鳳（飾何小姐），丁好（飾白錦），劉恩甲（飾汪卓然），田青（飾林亞芒），吳家驤（飾老周）。

劇情：名門閨秀汪丹林隨父卓然乘郵輪返港，準備下嫁未婚夫董季方。但卓然此時公司發生危機，欲利用丹林，要富裕的季方出資，父女爲此常生齟齬。在郵輪上，丹林曾遭受菲律賓華僑林亞芒莽撞追求，甚至滯港糾纏，令丹林不勝其擾；而季方這邊亦有一紅粉知己白錦。季方婚期在即，決定結束與白錦的關係，因此當他偶然結識水手麥勤，遂決定撮合白錦與麥勤。

老粗麥勤上門卻誤會丹林是舞女白錦，對其一見鍾情，加上狂追上岸的亞芒，男歡女愛，構成複雜多角關係。丹林本已不滿其父利用她釣金龜，又得知未婚夫與白錦之前有不尋常的關係，憤而退婚；季方負氣之下，亦決定與白錦結婚。幸而最後關頭麥勤從中勸解，兩人重歸於好締結良緣。

主題曲：〈六月新娘〉作曲：姚敏；作詞：易文；主唱：葛蘭。

電影插曲：〈海上良宵〉、〈迷離世界〉作曲：姚敏；作詞：易文；主唱：葛蘭。

五、南北一家親

譯名：*The Greatest Wedding on Earth*

出品：國際電影懋業有限公司

片型：諷刺喜劇。宋淇轟動話劇及名片《南北和》續作。

公映日期：一九六二年十月十一日

監製：鍾啓文

製片：宋淇

導演：王天林（1928-）

編劇：張愛玲

原著：秦亦孚（即秦羽）

主演：丁皓（飾李曼玲），白露明（1936-，飾沈佩明），雷震（1933-，飾李煥襄），梁醒波（1908-1981，飾沈敬炳），劉恩甲（飾李世普），張清（1935-2005，飾沈清文）

助導：吳家驤；攝影：范傑；攝影助理：李九；美術：費伯夷；佈景：包天鳴；音

樂：劉宏遠；剪接：王朝曦；錄音：殷燮平；錄音助理：崔成；美術助理：羅文；燈光：惠然；服裝：汪志良；陳設：林天心；化妝：宋小江；劇務主任：屠梅卿；洗印：李德興。

演員：王萊（飾李太），馬笑英（飾沈太），吳家驤（飾小吳），金伯健（飾馬正倫），鍾啓文。

劇情：港人沈敬炳（諧音神經病）經營粵菜館一向深受歡迎，常常高朋滿座。沈亦甚以自己的廣式口味爲傲，認爲外省菜難與廣東菜相比。

一日，炳與南來的外省客李世普（諧音離哂譜）因言語誤會加上價錢爭執，產生齟齬，兩方越演愈烈，李世普遂刻意在粵菜館對面經營豪華北方菜館，大別苗頭。兩家餐廳開始對峙之後，世普爲搶生意不惜賠本惡性競爭，炳亦僱人至對方菜館白喝啤酒以報。此後兩人爭鬥不絕，積怨日深。

炳子清文與普女曼玲相戀，本已談婚論嫁。兩人得知父母結仇，雙雙隱瞞身分，但旋即被拆穿。炳與普得悉對方竟是未來親家，在餐廳大打出手，雙雙掛彩。後經友人斡旋，二人始願和解，不料雙方爲了嫁妝和聘禮之事再起爭執，婚事改由文妹佩明及玲兄煥襄代表商議。豈料這對未婚男女亦一見鍾情，墜入愛河。幾經波折，最後佩明想出一條妙計，四人依計行事，竟使兩家各自讓步，願意結親。眾人在機場替清文和曼玲送行之後，煥襄即向沈家提親，要與佩明結婚。

六、小兒女

譯名：*Father Takes a Bride*

出品：國際電影懋業有限公司

片型：家庭倫理愛情片

公映日期：一九六三年十月二日

領銜主演：尤敏（1936-1996，飾王景慧）

導演：王天林

編劇：張愛玲

監製：鍾啓文

製片：宋淇

主演：王引（1911-1988，飾王鴻琛），雷震（飾孫川），鄧小宇（1951-，飾王景方）

助導：陳烈品；音樂：服部良一；攝影：黃明；攝影助理：吳家駒；剪接：王朝曦；作曲：綦湘棠；作詞：周之原；服裝：劉茜蒙；美術：費伯夷；美術助理：羅文；錄音：孫冰韻；燈光：林偉；錄音助理：蘇開邦；佈景：包天鳴；劇務主任：屠梅卿；沖印：李德興；化妝：駱明。

演員：王萊（飾李秋懷），小佩佩（飾小鳳），鄧小宙（飾王景誠），嘉玲（飾小鳳後母），馬笑儂。

獲獎：第二屆金馬獎優等劇情片獎。

劇情：教師王鴻琛妻子早逝，留下女兒景慧及兩名幼子景方、景誠。王景慧愛護幼弟，長姊如母，中學畢業後即放棄升學，一心持家。某天景慧在公共汽車上重遇中學同學孫川。雙方因誤會產生波折，冰釋後反倒更添好感，經過多次約會，二人感情日增。王鴻琛得知女兒與孫川相戀，甚至論及婚嫁，亦萌生續絃之意。

景慧得悉父親與同事李秋懷交往，深恐她將來當了後母後會苛待幼弟，幾經思量，忍痛跟孫川分手，打算外出求職，獨力撫養幼弟，以成全父親再婚之念。她到青洲島小學應徵教員，孰料秋懷適時轉往該小學代理行政。不知情的兩人互訴身世，甚為投契。

另一方面，景方、景誠兄弟以為父親有意另娶係遺棄他們，景慧只好答應他們永遠不會結婚來加以安慰。兄弟倆正想將此訊轉告父親，不料卻遇上父親與秋懷攜手出遊。兄弟倆由於對後母的刻板印象，大吵大鬧；回到家中，又窺見景慧與孫川商量婚事，一怒之下離家出走。兄弟倆跑到母親墳前哭訴，結果被困墳場，遲遲未返；眾人四處尋找，秋懷終於在墳場找到兄弟倆，並送他們到醫院檢查。小兄弟至此對她敵意全消，眾人言歸於好，欣然返家。

七、一曲難忘

譯名：*Please Remember Me*

出品：國際電影懋業有限公司

片型：文藝愛情片。同場加映「拿督陸運濤之喪新聞特輯」。

公映日期：一九六四年七月廿四日

領銜主演：葉楓（飾南子）

導演：監製：鍾啓文

編劇：張愛玲

製片：宋淇

副導演：吳家驤；攝影：何鹿影；音樂：綦湘棠。

演員：張揚（飾伍德建），田青（飾小周），李芝安（飾李小姐），馬笑儂（飾南母），吳家驤（飾趙先生），黎雯（飾伍母），小佩佩（飾南妹），金伯健，嘉玲（飾鴇母）。

劇情：伍德建於水邊邂逅美豔的南子，而後於歌廳聽聞她大展歌喉，情爲之牽，遂賄賂侍者取得她的地址，造訪後明瞭她賣唱乃爲負擔家計，本人其實潔身自好，更增添愛慕之意。惟二人戀情始終遭德建之母反對，德建奉命赴美深造，只得與南子約定兩年後返港結婚。南子至此卸下歌衫，依靠德建的匯款安貧度日。

不料太平洋戰爭爆發，香港淪陷。南子家遭受日軍洗劫一空，受驚加上操勞過度導致倒嗓，爲了生計，南子只得淪爲流鶯。她在戰爭期間橫遭污辱，歷盡滄桑，待兩年後兩人重逢，德建邀南子共赴星洲，南子卻自慚形穢而爽約。

納悶的德建跟尋南子，被妓院痛毆，始知愛人在戰爭期間過著送往迎來的悲慘生活。待赴星之日，德建瞥見南子偷偷送行，激動上前擁抱，難分難捨。南子眼見對方不嫌棄自己，終於允諾和他永不分離。

主題曲：〈我忘不了你〉作曲：姚敏；作詞：周之原；主唱：葉楓。

電影插曲：

〈我的愛人〉作曲：姚敏；作詞：周之原；主唱：葉楓。

〈船歌〉作曲：綦湘棠；作詞：吳江玲；主唱：葉楓。

〈幸福無涯〉作曲：綦湘棠；主唱：葉楓。

〈有一位姑娘〉作曲：姚敏；作詞：吳江玲；主唱：葉楓。

〈除夕念故人〉改編世界名曲〈魂斷藍橋〉；作詞：綦湘棠；主唱：葉楓。

〈愛心永不移〉主唱：葉楓。

〈練習曲〉作詞：韋瀚章；主唱：葉楓。

本片雖然改編自《魂斷藍橋》，但融入張愛玲自身歷經太平洋戰爭刻骨銘心的遭遇，加上出色的歌曲及演員，情韻眞摯動人，和《魂斷藍橋》的纖細哀婉大不相同。

八、南北喜相逢

譯名：*The Greatest Love Affair on Earth*

原名：香園爭霸戰

出品：國際電影懋業有限公司

片型：諷刺喜劇。《南北和》、《南北一家親》之姊妹作。

公映日期：一九六四年九月九日

製片：王植波（1924-1964與陸運濤同機空難逝世）

導演：王天林

編劇：張愛玲

主演：白露明（飾李倩荔），鍾情（1932-，飾湯采蘋），雷震（飾吳樹聲），梁醒波（飾阿林），劉恩甲（飾湯德仁）。

監製：林永泰

助理導演：爾峯；攝影：范傑；攝影助理：李九；服裝設計：翁木蘭、朱湄筠；燈光：林偉；音樂：劉宏遠；美術：費伯夷；美術助理：羅文；錄音：譚宏遠；錄音助理：駱張萍；剪輯：王朝曦；剪輯助理：梁永燦；佈景：包天鳴；化妝：宋小江；化妝助理：駱明；場記：王志賢；劇務主任：屠梅卿；沖印：永華片廠，李德興。

演員：田青（飾簡良），姜南（飾吳父），王琛（飾阿德），馬笑英（飾林妻），檸檬（飾債主），吳家驤，洪波，李英，楊業宏，李壽祺，高超，朱由高，曾楚霖。

劇情：勢利的外省佬湯德仁遷居香港多年，嚴禁港籍的甥女李倩荔與窮教師吳樹聲交往，亦反對女兒采蘋與港仔簡良相戀。此時報載富婆簡蘭花欲返港投資，德仁被地產公司指派巴結這位富婆僑領。吳樹聲得知簡蘭花竟恰巧是簡良的姑母，便意欲借助簡蘭花撮合婚事。惟蘭花改期來港，二人情急之下找來友人阿林扮作肥婆頂替。

不料不知情的倩荔深夜到阿林下榻的旅店求「蘭花」成全婚事，德仁也潛入欲向「蘭花」示愛，樹聲追蹤倩荔而至，黑暗中眾人大打出手。阿林乘機以報警要脅涉嫌偷窺的德仁簽字同意女兒、甥女的婚事，德仁無奈就範。樹聲與倩荔、簡良與采蘋終得成婚。此時正牌的簡蘭花駕到，不料她竟與反串的阿林生得一模一樣，令眾人嘖嘖稱奇。

注：因丁皓此時已與電懋解約，張愛玲設定的兩位女主角中較活潑者原本預訂為張慧嫻，張慧嫻退出後，改由和公司新簽約的鍾情上陣。

九、紅樓夢（未拍）

如果開拍，將會是張愛玲第一部大型伊士曼七彩古裝片。預定分上下兩集拍攝，由尤敏，葛蘭，李湄，葉楓，雷震，張揚……等電懋群星集體總動員。

後因邵氏指派新進導演袁秋楓夫婦為樂蒂量身打造搶拍，電懋在評估許久後終於放棄。

和《金鎖記》皆爲張愛玲目前失傳之電影作品。此外，《不了情》、《桃花運》與《人財兩得》等原作劇本亦失傳，到底拍攝途中更動程度爲何尚待評估。

十、魂歸離恨天（未拍）

改編經典名著《咆哮山莊》。好萊塢於一九三八年推出，由威廉惠勒導演，曼兒奧白朗和勞倫斯奧立佛合演，獲得奧斯卡多項提名，包括最佳改編劇本獎。張愛玲寫作時並未看過原著小說，場次編排和好萊塢版幾近雷同。「魂歸離恨天」即爲該片在上海發行時另取之中文譯名。

按照張愛玲原先構想：此戲以民初北方爲背景，是張愛玲第二部流產的民初片。除了《紅樓夢》，甚至包括改編劇本，張愛玲的戲劇模式常是讓女主角身陷困境，面臨道德情勢的挑戰。有趣的是，張愛玲的電影女主角往往並不怎麼墨守成規，但最後關頭總是緊守傳統教條的底線；這點和爲了「報國」（表面上的，實際上是捨不得不出風頭）而不惜破身的〈色，戒〉女主角王佳芝，最後被鑽戒套牢以致丟了性命可謂異曲同工。但這種掙脫不了傳統枷鎖的困境，成爲她們闖蕩都會叢林的「致命」罩門；在小說裡，從〈第一爐香〉到〈半生緣〉，往往造成「失足少女」玉石俱焚的悲劇。相形之下，張愛玲的電影女主角，雖也波瀾迭起，她們的命運到底幸運得多。最後再次強調：綜合以上的總體分析，個人實在很難把《哀樂中年》認定爲張愛玲的作品。

附錄：賴雅的電影作品一覽

賴雅，英文原名Ferdinand Reyher，一八九一年七月廿六日生於賓州的費城，一九一四年獲哈佛大學文學碩士，一九一七年與Rebecca Hourwich結婚，一九二六年離婚，一九三一年應約翰休斯頓之邀到好萊塢發展，一九五六年八月十四日在紐約與張愛玲結婚，一九六七年十月八日逝世於麻塞諸塞州的劍橋。

賴雅在好萊塢擔任編劇期間多半在當時（三〇年代）的小公司——環球、雷電華，及哥倫比亞工作；作品常有片長僅六十多分鐘的粗製濫造墊檔片。在當時規模最大的米高梅公司唯一一部作品係B級片。

以下按照年代先後列出賴雅在好萊塢參與作品的影片片名、年份、賴雅擔任之工作、導演、知名演員及製作公司，可以看出賴雅在好萊塢的地位並不甚高。但當時全美各地正席捲在經濟大恐慌中，正值黃金時代的好萊塢，足以提供賴雅相對的高收入。使得賴雅有能力接濟已經開始被納粹迫害的德國友人。

一、*The All-American*（一九三二）（編劇）Russell Mack，Richard Arlen，葛羅麗亞史都華（Gloria Stuart），環球

二、*The Big Cage*（一九三三）（電影劇本）Kurt Neumann，米蓋隆尼（Mickey

Rooney，配角，彼時尚未成名）

三、*Fugitive Lovers*（一九三四）（故事）Richard Boleslawski，勞伯蒙哥馬利（Robert Montgomery），米高梅

四、*Rendezvous at Midnight*（一九三五）（編劇）Christy Cabanne，環球

五、*Stranded*（一九三五）（故事）Frank Borzage，凱法蘭西絲（Kay Francis），George Brent，華納

六、*You May Be Next*（一九三六）（故事，電影劇本）Albert S. Rogell，安蘇蘭（Ann Sothern），哥倫比亞

七、*Two in Revolt*（一九三六）（順稿）Glenn Tryon，雷電華

八、*Special Investigator*（一九三六）（電影劇本）Louis King，雷電華

九、*Don't Turn 'em Loose*（一九三六）（電影劇本）Benjamin Stoloff，貝蒂葛蘭寶（Betty Grable，配角，彼時尚未成名），雷電華

十、*Maid's Night Out*（一九三八）（腳本整編）（未掛名）Ben Holmes，瓊芳登（Joan Fontaine），雷電華

十一、*Ride a Crooked Mile*（一九三八）（編劇）Alfred E. Green，哥倫比亞

十二、*Outside These Walls*（一九三九）（故事）Ray McCarey，哥倫比亞

十三、*The Boy from Stalingrad*（一九四三）（編劇）Sidney Salkow，哥倫比亞

賴雅有濃厚的左傾思想，完成《來自史達林格勒的男孩》後，於一九四三年離開好萊塢。隨後好萊塢遭受 McCarthyism（麥卡錫主義）的打壓，左派影人皆受到調查排擠，甚至如卓別林等人皆因羅織入罪被迫流亡。在這種風聲鶴唳的情況下，賴雅因好萊塢時期的作品質、量皆不見出色，從此封塵。離開好萊塢後賴雅另外參與兩部作品：

一、*Wait 'Til the Sun Shines, Nellie*（一九五二）（原著小說 *I Hear Them Sing*）亨利金（Henry King），珍彼德絲（Jean Peters），David Wayne，福斯特藝七彩

二、*The World, the Flesh and the Devil*（一九五九）（故事 *End of the World*）Ranald MacDougall，哈利貝拉芳德（Harry Belafonte），米爾法拉（Mel Ferrer），Inger Stevens，HarBel Productions

輯四

上海神話在台灣的傳承與復興

李安拍攝《色，戒》，終於將張愛玲帶到美國好萊塢，並令其發光發亮。

向左走，向右走

從左傾到反共的張愛玲

從見棄文壇到稱霸文學史，從國共清日成串夾雜的政治糾葛，乃至於一路走來始終如一的商業魅力，使得張愛玲持續站在爭議的風頭浪尖。若說堅守文學的經濟效應，造成她早年定位未明；那麼身處政治夾縫的矛盾，則引發迄今未息的道德爭議。只是：當論者拿一堆與藝術無關的準繩輕率月旦，所持立論往往只是武斷的表象和粗糙的因襲，這使得張愛玲與張愛玲間，充斥著難以釐清的多重標準，整體張學論述更是布滿文學史觀的沼澤。多年以後，本文試圖横觀當時她所身處的時代，以及縱觀一脈相傳的體系傳承，去填補這數十年來「張看」的漏失。

一、鴛鴦蝴蝶的家世

雖然已是公認的文學大家，但是無可否認：鴛鴦蝴蝶的養分，始終是張愛玲擄獲廣大讀者的法寶，也使其成爲巴金、林語堂、徐訏後收益最大的正統作家。由於前三者風行自有其嚴肅理由（如巴金鼓吹社會革命），因此張的「出身不正」，使她屢屢見棄純文學界；直到夏志清平地一聲驚雷，以壓倒性的篇幅予其空前肯定，張愛玲才風行草偃地征服台灣。

鴛鴦蝴蝶脫胎自才子佳人話本，賣點多半著眼於戀愛糾葛，以滿足讀者心理；隨著日益開放，甚至擴展到性的描寫。鴛鴦蝴蝶（以及遞補的「禮拜六」）派之所以爲人詬病，在於是不折不扣的商業寫作；許多此派作者同時兼營武俠小說、社會黑幕、緋聞小報，在當時一心尋求進步的社會，被認爲是傳統封建的渣滓。

有別於五四以來多數作家明哲保身，張愛玲從未遮掩她自鴛鴦蝴蝶受到的滋養：她敬慕《紅樓夢》和《海上花列傳》是有名的；前者雖革命性地打破才子佳人大團圓老套，卻也正因「打著花月反花月」，使其本身變爲悲金悼玉的「桃花窟」。尤其書中種種氤氳，在中國受到浪漫感傷主義洗禮之後，成爲不折不扣的「新鴛鴦蝴蝶夢」。張愛玲的筆觸哀感頑豔，在渲染氣氛上尤其觸動人心，別具雅俗共賞魅力，最主要就是得力於《紅樓夢》的訓練。

在《海上花列傳》之後，她推崇的對象是張恨水，甚至不時爲張資平、張恨水誰高誰低分辯。張恨水長於北京，三〇年開始連載《啼笑因緣》，風頭之健，一時無兩。《啼笑因緣》寫大學生樊家樹逛天橋時邂逅了唱大鼓的沈鳳喜和江湖賣藝的關秀姑，樊因資助兩女分獲垂青，又和北洋上流名媛、和沈神似的何麗娜捲入愛情糾葛。雖則這個故事提倡打破階級、自由戀愛等新觀念，但未深層、全面性地探討不平等的癥結：比方爲何資助家用就要以身相許，以及一男配多女等封建思想。《啼笑因緣》曾多次改編爲電影、說書、京戲、粵劇、紹興戲……，胡蝶、李麗華、凌波、葛蘭、林翠、井莉、李菁、苗可秀、米雪等紅星全都演繹過；它的廣受歡迎說明了當時社會的僞善和不徹底。

張恨水搬上銀幕者還有影帝金燄的《銀漢雙星》、《滿城風雨》、《金粉世家》……後來皆一再重拍。他和劉雲若算北派；海派則有包天笑、秦瘦鷗、朱瘦菊和提拔張愛玲成名的周瘦鵑，他們秉持《黛玉筆記》、《玉梨魂》、《碎琴樓》以降種種法寶，極盡淒豔能事。南派代表作首推《秋海棠》，乾旦秋海棠因被軍閥強暴遭到毀容，如此藝名自然隱喻中國飽受屈辱，是很皮相的愛國主義。此外因較具外文能力，海派也常改寫域外作品，如《空谷蘭》，和譯改德齡郡主的《御香縹緲錄》。陳冷血（景韓）改編押川春浪的《白雲塔》由默片時代最大三位巨星共演，「電影皇后」胡蝶對上「悲劇影后」阮玲玉，周旋其間的是「風流小生」朱飛，演繹三大礦業家族的愛恨情仇。《空谷蘭》同樣由朱飛主演，由包天笑改編，一九二六年在上海中央大戲院連演十天，創下默片最高票房紀錄，後來胡蝶、林翠皆曾重拍。

無論創作或改寫，海派對張愛玲的影響自然更大。她被水晶訪問時自承《怨女》深受朱瘦菊的《歇浦潮》影響；另外「改寫」這個違反現代原創觀念的寫作準則，則構成了整部《半生緣》。此點至為重要，筆者將在後面詳加說明。

二、新感覺派的洗禮

若說張愛玲獨具慧眼，從《紅樓夢》到鴛鴦蝴蝶習得民俗風情的觀察，那麼使她脫胎換骨，帶來時尚感、城市風的，則爲新感覺派。新感覺派起始於法國的保羅穆杭（Paul Morand），大戰後傳統秩序崩解，人們生活在困憊、狂躁的城市中，心理產生異變；穆杭作《不夜城》、《歡愉之城》……皆運用到波多萊爾、韓波從唯美衍生爲頹唐派的象徵技法。這股流風傳到東洋，對橫光利一、崛口大學產生革命性的啓發。

日本明治維新後西風大盛，作家同時肩負宣揚教育、政治、音樂、藝術等新思想，這種趨勢同樣感染到留日的魯迅等人。在鴛鴦蝴蝶這邊，周瘦鵑的《西子湖底》即在營造傳奇的同時，拓展到變態、畸戀還有神祕主義的病態美，這些都影響到張愛玲；新感覺派將彼時風起雲湧的佛洛依德「潛意識理論」形之於文學表現，更綻放出詭譎的奇芳異卉。

最早在上海施展新感覺技法的，是台灣人劉吶鷗（1900-1939）。他原名劉燦波，出身台南世家，負笈日本青山學院後，於二〇年代來到上海，在震旦鑽研法文，和施蟄存、戴望舒成爲同學。日後戴望舒成爲中國「象徵派」的頭號大將，劉吶鷗則和施蟄存共爲華文「新感覺派」的開山祖師。有人說上海新感覺派係移植橫光利一，此點存疑：日本新感覺派始於一九二四年，和施、劉相距僅兩、三年，且他們皆有法文基礎，若說因而先後接受啓發，似乎更接近這股繁衍的趨勢（注）；此外，文學成就的評斷取決於文體建立與否，新感覺派能在華文文壇開花結果，要仰賴施蟄存和穆時英的文字成就，這又哪裡是日本人能「越俎代庖」呢？

新感覺派技法起始於都會文明的虛幻，將觸、味、視、聽等各色物質的感覺，賦予五光十色的描寫，和彼時風起雲湧的電影唱片產業結合。在紐約，爵士樂的興起，帶起節奏的革命，同時影響到音樂、舞蹈、電影乃至於文學；《大亨小傳》就被認定是描寫「爵士年代」的代表作。與之遙遙相對的上海，是當時遠東第一大都會，除了接收各租界資訊遠在日本之上；迅速興起的高樓大廈，改變農業社會的「空間」觀念；七彩霓虹、城開不夜的光怪陸離，則改變了以往日落而息的「時間」觀念。這種時空的的變型擠壓，以及生活節奏的陡然跳接，誕生了新感覺派的能手穆時英、張愛玲，及留法的徐訏。他們在《上海的狐步舞》、《傳奇》、《鬼戀》和《風蕭蕭》，將「都會傳奇」發揮到淋漓盡致。

這批「新感覺派」和包天笑、張恨水一樣，大量參與商業活動：劉吶鷗投身當時最大的明星電影公司，爲胡蝶編寫《永遠的微笑》等名劇；張愛玲正是以影評起家，後來陸續編寫《太太萬歲》、《不了情》、《傾城之戀》等劇本；徐訏小說則是四、五〇年代搬上銀幕冠軍。

三、歷經政治千層浪

但在另一方面，趨隨「時尚」的他們，卻又因此擺脫不了現實政治的聯結。劉吶鷗因留日背景，三九年被汪精衛政府任命為《國民新聞》社長，旋及在九月三日被認定為「漢奸」暗殺，步上穆時英的後塵；穆時英之前主編《中華日報》副刊及《國民新聞》，剛被發表接任社長，立即被刺（六月廿八日）。穆時英後事係由胡蘭成代辦，死時年僅廿八，堪稱五四以來有數的天才。

公認成就更超越穆時英的張愛玲，一直被中共批判為「漢奸情婦」。這種以政治戕害文學的作法固然褊狹，坦白說，也缺乏歷史知識——張和汪偽政權聯結早在結識胡蘭成前。胡是汪偽成立之初的五虎將，當時陳公博尚未出頭，汪精衛本人兼代理主席、行政院長、軍事委員長，胡蘭成擔任宣傳部次長兼《中華日報》總主筆。周佛海陣營則由周本人擔任財政局長兼任中央銀行總裁暨特工委員會主席、警政部長。大名鼎鼎的丁默邨擔任社會部長，他被刺殺之事後來被寫成〈色，戒〉。

胡蘭成原非官場中人，雖工心計，進退遠不如其他同儕，很快就大權旁落，只能在蘇青辦的《天地》雜誌寫寫文章。當他用計毒殺李士群後，被周佛海尋隙下獄。蘇青基於愛才，約了張愛玲一同求情——可見先前便有交情——同時亦可一瞥「即便是」「汪偽」政權，對張這麼個「禮拜六派」亦有起碼的聯繫和尊重。至於胡出獄後怎樣造訪張愛玲、怎樣織就「傾城之戀」，坊間多得是老生常談。

張愛玲出身李鴻章之後，李在馬關議和，「刺客一鎗打過來，傷了面頰，有這等事，對方也著了慌，看在他的份上，和倒是議成了。」李鴻章割讓台灣，輿論大譁，回朝後未得讚賞，後來抑鬱謝世。這些，都被張愛玲寫進《創世紀》中。至於她自己，在香港就讀時遭逢太平洋戰爭，留學夢碎，不得不回到上海，開始賣文為生。從這些牽扯來看，若說她對日本有任何好感，眞令人難以置信。實際上，張愛玲從未有任何宣揚「大東亞共榮」的文字。「漢奸情婦」的頭銜，措辭太厲，是政治對她的第一個不公。

張愛玲本身是否有政治取決？當然有！不但有，而且屢屢形諸文字。她對政治的第一個忿恨，當然是封建餘孽，不過那是當時的普世價值，倒也不足為奇。眞正顯現其傾向的，是她對國民黨的不存好感，雖則這些文字進入台灣市場前已先修整過，但仍可見蛛絲馬跡。

張愛玲對國民黨的第一個批判，早在四四年發表的〈等〉。當時她仍因敵偽關係被視為待罪之身，因此公然發難，想必已忍無可忍：當時公務員因戰後接收，隻身赴任者眾，所以「蔣先生（台灣皇冠版已改去）下了命令，叫他們討（妾）呀！因為戰爭的緣故，人口損失太多，要獎勵生育，格咾下了命令，太太不在身邊兩年，就可以重新討，現在也不叫姨太太了，叫二夫人！」

日本戰敗後胡蘭成固然亡命天涯，張愛玲也被整個文壇封殺。雖則這也可能係因「勝利文人」（包括左派）視她爲「禮拜六派」，但那牽涉到文學評價貶抑，自信的她當然歸咎於執政者的政治壓迫。後來她在《十八春》對國民黨戰後動輒槍斃「漢奸」有嚴厲的批判，說「誰願意出面替日本人做事」，但「在刺刀尖下，也是沒有辦法」。這個從小說裡跳出來的議論，雖則無法涵蓋胡蘭成那種「主動求官」的行爲，卻可視爲張愛玲（及其他被動維生者）的自辯。此外張愛玲還編造慕瑾被冤爲漢奸下獄，太太遭拷打慘死。這種人命關天所激起的義憤自不待言。《十八春》是嚴重左傾的作品，雖然日後「淨化」成《半生緣》，農工階級至上的思想仍俯拾皆是：比方男主角世鈞受不了家裡的封建腐化來到上海，「他在廠裡做實習工程師，整天在機器間跟工人一同工作……那生活是很苦，但那經驗卻是花錢買不到的。」女主角曼楨簡直是進步青年，後來和世鈞鬧翻時說：「你究竟還想不想出來做事？我想你不見得就甘心在家裡待著，過一輩子，和你父親一樣。」即使連千金架子最重的石翠芝，好逸惡勞，也常想出走到上海念書做事。原版《十八春》裡這一批相互糾纏的男女後來居然都「覺醒」了！一齊赴東北建設新中國；曼楨甚至還拋下加入文工團的兒子（因爲有「黨」在照顧？）。至於當初強暴她的大反派祝鴻才，「解放後像他們那些投機的自然不行了，他想到台灣去，坐了個帆船，一船幾十個人，船翻了全淹死了。」

四、從左傾到反共

從上述這些悖離常理的情節，我們不難想像張愛玲對蔣氏政權的反感有多深，也了解到她當初編寫這個「進步」的故事，多少有幾分言不由衷。《十八春》的情節、結構根據高全之的詳細比對，完全拷貝Marquand的《H.M.Pulham, Esq.》，皆是從虛度半生的男主角展開回顧。原本張愛玲用十八個章節來安插十八年的悲歡離合，尚具巧思；後來爲了進入台灣市場，沒辦法寫到解放後，改爲十四個年頭，結構都破壞了；可是前仆後繼的評論「家」仍力捧偏左、非原創的《半生緣》，而不斷栽贓反共的《赤地之戀》、《秧歌》是「缺乏農村體驗的揑造」、是「政治指定創作」！

這個如今已成「論述主流」的結果十分值得玩味，因爲有「漢奸、批判蔣氏政權」前科的張愛玲（我不相信調查局會不知道），當初能打進台灣市場，除了美國（如美新處及洋學者夏志清）的「黃袍加身」，最主要的就是以「反共」的《秧歌》作爲開路先鋒。這部小說經過胡適、朱西甯、龍應台等不同世代的論者肯定，立場儘管有別，一致認爲是張愛玲不世出的經典之作。在所有「張迷」之中，當初唯一持否定意見的是水晶；結果在他主觀在前、缺乏新聞編採訓練在後的訪問裡，《赤地之戀》變成「她主動告訴我，《赤地之戀》是在『授權』（Commissioned）的情況下寫成，所以非常不滿意。」隨著這樣的「流言」演變，「美新處政治指定」之說又再波及到《秧歌》！筆者之前已作過長篇考證，美新處根本毫無權力去「授權」這麼一部作品，Commissioned 應翻成「委託」。這種資助的形態，現今台灣滿街都是，接受國藝會、台北文學獎補助的，拿國家文藝獎的，沒有任何論者敢栽贓他們是「政治指定創作」，唯獨張愛玲蒙此不白之冤！

不難想像張愛玲曾對共產制度有過什麼樣的憧憬——畢竟，她也是個唯「物」論者。物質世界的眞實感和誘惑力，激發她那充滿光暈的文筆。在城市之光，華藻紛披，色香迷魂中，編寫女性在脂粉市場的歷劫輪迴，令讀者沉迷城市速率的感官之餘，產生對市儈的鄙夷。亂世→尋求安身立命保障→物質文明的嚮往→城市畸形繁榮乃至扭曲的人性關係，統統肇因於畸零的政治生態。這些都是左翼電影女神阮玲玉在《再會吧！上海》、《新女性》、《神女》一再搬演的情節。她最喜愛的中國女星一直是她，著實不足爲奇。

遭受封建遺毒戕害的日子終於過去，對她有成見的國民政府遷台，無產階級執政了，像她這種窘迫的文人，難免對當初更重藝文宣傳的共黨產生「終於翻身」的期盼；可是，在《十八春》的結尾已經不自覺地流露出對政治的幻滅——男女主角觀賞文工團的表演，這和《秧歌》末了老太婆去扭秧歌有什麼不同？要生活下去，周遭種種先是旁觀當戲看，後來甚至必須自己下去演！

令人感慨的是，張愛玲有勇氣呈現自己從憧憬到幻滅的變化，不少文化大革命的受害者卻仍昧於現實地批判這兩本反共作品「告洋狀」、「不忠於祖國」。涵蓋所及，不少海外論者也因政治爭議不自覺地附和、迴避這樣的論調。比方香港中文大學和《亞洲週刊》所選出的廿世紀華文小說一百強，魯迅第一，張愛玲的《傳奇》第四，前十名中唯一在世、也是唯一的台灣作家是《台北人》的白先勇。張愛玲另一名列百名內的作品，是「參考」程度並不輕微的《半生緣》(名列第廿四)，而非原創性的《赤地之戀》和《秧歌》！

儘管走過親日、左傾、反共這一路爭議歷程，我想張愛玲是兩岸三地寫情的第一把能手，應該仍無疑議。那正因她洞察種種愛戀糾葛，乃至兩性的資源不公，背後隱含著根本性的社會問題；而要探討張愛玲所呈現的深層結構，不論及政治根本是不可能的——因爲不平肇因於現實架構的殘缺，而改變現況的方式，提出自己主張是最基本的態度。半出於天性、半出於經濟窘困以及女子自立等早年的悲慘遭遇，張愛玲變成一個實用主義者，使她比同時代作家更能超越口號教條，眞切體察到實際的民生問題。從《金鎖記》到《十八春》、《小艾》、《秧歌》到《赤地之戀》，我們可以看到她對社會議題的成長。

雖則無論左傾或反共，都不免牽扯到政治主張，但張愛玲卻務實地提出問題、呈現問題，而儘量不越俎代庖地提出情緒性的幼稚解決；這使得她的批判雖從自身經驗出發，卻有普遍的公信力。巴金、魯迅的大聲疾呼早已過去，張愛玲能不被時代淘汰，一方面證明她所關注的課題歷久彌新；另一方面當然也因爲她一貫尊重文學，所顯現的藝術格調。無論是《流言》的天資橫溢，佻達俏皮，《半生緣》中沉緩的悲哀，嫻熟地流曳，《秧歌》更充滿了精準渾然的淒涼意象……張愛玲不是大思想家或哲學鴻儒，她最精妙的地方在於參差的、幽微層面的觀察，交織成綿密而層出不窮的人生。她之所以不朽，最主要的當然是在文筆的技法，可惜經過台灣數十年來前仆後繼淺碟式的仿效和理解，內地「文藝復興」後又不斷地對其作品定位「移形換位」的政治操控，她深層精妙的那一個中心，已經被完全蒙蔽。

張愛玲生長在一個遠比今日動亂的時代，但是那個時代，卻也是崇敬文學、更相信文學功能的世代。以現今廿一世紀一己褊狹觀感評析張愛玲的作法，早該成爲過去；況且今天也已喪失造就張愛玲的動能與資源。如果我們以儀式性的拼圖、聚沙成塔的努力，在那個文學背景尚未消逝殆盡之前，致力對他們理解，文學因子才得以恢復生機，繼續律動，啓動生生不息的孕育功能。現今修辭單薄、文體殘缺的危機並不在於某些「專家」聲嘶力竭致力於文言文教學——張愛玲、穆時英的成就皆在打破前人窠臼，而在於我們如何尊重「溝通」、「創作」的「藝術」功能。文學不是用來消費、但也不是光寫給自己看的；張愛玲能超越任何政治強梁，正足以說明此點。

二〇〇七年三月二十二日《自由副刊》

注釋

成書校稿之際，經友人推薦讀到許秦蓁寫劉吶鷗的《摩登、上海、新感覺》（二〇〇八年二月）。書中對於新感覺派的傳承引用翁靈文的資料，說劉吶鷗自己曾開玩笑：「橫光利一是新感覺派第一代，我自己是第二代，穆時英是第三代，黑嬰是第四代。」許秦蓁研究劉吶鷗下了大工夫，第一手資料甚齊，由於自己選定研究範疇以文學成就爲主要考量，對字句尚待錘鍊的劉吶鷗遠不如她熟悉（個人就從中更正了青山學院該項資料），因此這個部分特別提出存列；不過，正如同橫光利一已經確定不是新感覺派始祖一樣，劉吶鷗和施蟄存（並不承認屬於新感覺派）的歸屬也不是自己說了就算。關於這個問題，我的判定和證據，或許留待往後呈現。

附錄：間諜圈，電影圈——宋淇和楊德昌的〈色，戒〉故事

張愛玲寫〈色，戒〉，最早的英文篇名是〈Spy Ring〉——兼具「間諜圈」與「間諜之戒」雙重之意。李安大概怕引起誤會，揚棄了它，另起爐灶；可想而知，電影必然少了幾分張式譏誚，多了中年男子與青春女子的情感爬梳——一個忠奸易位的《臥虎藏龍》。

〈色，戒〉在台灣發表後，曾引發取材自鄭蘋如殉國之說。小說若干編造情節——尤其王佳芝票戲票上了癮，不惜破身躍上抗日舞台，很難不讓人聯想到張自己所寫——正經女人雖然痛恨蕩婦，其實若有機會扮個妖婦的角色的話，沒有一個不躍躍欲試。雖然張愛玲筆下更接近人生常態，冷峻中也未嘗沒有一絲絲「同爲女性」的疼惜；但鄭蘋如當然是鞠

躬盡瘁的烈士，在那動盪的時代自有其「非常」光輝。

也許出於這個緣故，宋淇曾出面否認鄭蘋如之說。宋淇是戲劇名宿宋春舫之子，香港電懋公司成立之後擔任製片主任，捧紅尤敏、葉楓、葛蘭、雷震等熠熠紅星，安排他們一再主演張愛玲的作品，是她畢生的貴人兼摯友。一九八三年九月六日，宋淇在九龍「富都閣」酒店接受水晶訪問時說：「〈色，戒〉不是眞的故事，但也不全是編的。」大概張當時賣文爲生卻靈感不濟，宋就提供了這個故事。但後來考量抗日女間諜出賣自己人，怕不被觀眾接受，尤其是台灣（當時最大的國片市場），因此作罷。

水晶也許並不盡悉鄭蘋如，但熟知胡蘭成當初和丁默邨是一丘之貉，因此追問：「我還以爲是和胡蘭成時代有關的故事。」

但宋淇否認：「我們燕京一批同學在北京幹的事。那時燕京有些學生，都是大少爺，愛國得不得了，自己組織一個單位，也沒有經驗，就分配工作。其中一個是孫連仲的兒子孫湘德，他是頭子，在天津、北京一連開槍打死好幾個漢奸。」「特務各方面都通的，彼此都有反間。各方面一查，軍統也不是，中統也不是……都不知是誰搞的？後來不知怎麼搭上戴笠軍統的線，就拿這些人組織起來。一旦組織起來就讓反間諜知道了，於是有幾個人被逮去。其中有個開灤煤礦的買辦，姓魏的，有兩個孿生女兒，很漂亮，是我在燕京的學生，上面一看，也不像，就給放了出來。故事到了張愛玲手裡，她把地點一搬，連上汪精衛、曾仲鳴等歷史事件，那就完全是她自己臆造的了。」

筆者由於自小生於文壇，知道很多北方作家都和這組織沾上邊，如王藍、張秀亞、劉枋、公孫孏……，還眞沒聽過上海有什麼學生刺殺團；因此還是從北方著手搜尋資料。後來終於找到成員王藍的《勇者的畫像》：

有人以爲抗團是軍統局創立的外圍組織，此一說法並不盡然。我深知抗團最初完全是天津市的大學生，基於愛國狂熱，自動自發組織起來的。一些名人的後代，孫連仲上將公子孫湘德、宋哲元上將女公子宋景憲、熊希齡先生的外孫女、僞滿大臣鄭孝胥的孫兒、齊燮元（軍閥、僞陸軍部長）的外甥，都是抗團英勇團員。

民國廿七年，孫若愚、祝友樵與孫湘德、趙爾仁，共同完成狙擊僞河北省教育廳長陶尚銘、僞天津商會會長王竹林。廿八年，僞海關總監兼聯合準備銀行總經理程錫實被刺，轟動國際……此案大獲國民政府讚揚，透過一位曾澈先生，囑刺程小組全體，前往重慶接受嘉獎。這時曾澈才告訴他們重慶有個軍統局，他們一行將見到局長戴笠，也會蒙蔣委員長召見。可惜曾澈後來被軍統天津站一叛徒出賣，酷刑受盡，最後被刺刀挑死，小組成員未能前往重慶受獎。王藍之前已在長篇小說《藍與黑》、《長夜》提過這些背景，這段敘述，和宋淇所說的〈色，戒〉背景幾可完全銜接，證明所言不虛。

張愛玲志不在香江，透過宋淇幫助，和美新處搭上線，終於得償宿願，赴美定居，也和香江影業斷了線。她在電懋的作品有《人財兩得》、《情場如戰場》、《六月新娘》、《小兒女》、《一曲難忘》、《桃花運》、《南北喜相逢》、《南北一家親》。雷震主演過其中三部。

一九八四年，邵氏投資八千萬台幣拍攝《傾城之戀》，並重金請到「香江電影女神」繆騫人回港和周潤發合演，轟動一時，也正式帶起張愛玲熱。雖然該片因為導演許鞍華被裁定為「附匪影人」而在台遭禁，但卻給予台灣新浪潮諸多導演啓發。一九八六年二月三日《聯合報》影劇版即報導：「最近多位年輕導演向片商重提張愛玲的小說……但漢章看上〈連環套〉和〈第一爐香〉，楊德昌有意開拍〈紅玫瑰與白玫瑰〉，並屬意林青霞主演，張毅則對《怨女》有興趣。」

眾所周知，張毅後來和楊惠姍爆發了婚外情，元配蕭颯將之寫成小說，三敗俱傷，導致爭取《怨女》未果，後來由但漢章拍成電影。〈紅玫瑰與白玫瑰〉籌備經年，後來由高仕公司得手，提議要鞏俐加入，導致林青霞不願再等下去，改拍由張愛玲生平改編的《滾滾紅塵》。

楊德昌和林青霞要拍〈色，戒〉傳了很久，他當時已拍了繆騫人主演的《恐怖份子》，揚名立萬，但劇本一直未編竣。我原本懷疑自己記憶有誤，最近終於找到一九八八年一月三十日的《聯合報》：「楊德昌應邀赴港執導暗殺」。

楊德昌的新作構想源於張愛玲的小說〈色，戒〉，但經四個多月的修改，作了相當大的更動，楊德昌也另取了一個具有市場號召力的新片名《暗殺》！

楊德昌最近去世（1947-2007），有關他和蔡琴的新聞不斷拿出來重炒，其中有許多早已踰越新聞倫理準則，但這段蔡琴的自白卻著實令人低迴不已。

當年楊德昌曾想過拍〈色，戒〉，那時張愛玲還在世。當時蔡琴還陪著前夫，專程到香港找到代理張愛玲作品的宋淇，「我記得是在一個下午，我們三個人坐在咖啡廳裡談〈色，戒〉的事。」三人談得很投緣，並約定先將小說改成劇本，再探討下一步計畫。

蔡琴表示很喜歡這篇小說，「它談的是忠誠和背叛。」蔡琴說，對於這部電影，她給了楊德昌很多意見，可惜後來因爲資金問題沒能拍成：「我們當時已經有了主演人選：林青霞來演王佳芝，男主角是雷震。」〈色，戒〉沒能拍成，蔡琴對這篇小說的感情也更深刻，「張愛玲過世的那一年，我和前夫分開了。」

眞實的人生永遠比戲劇更戲劇。這些有關間諜圈、電影圈的故事，加深「張愛玲神話」的迷幻色彩。也許我們看不到滬上公子哥兒雷震演那個「蒼白清秀，前面頭髮微禿，褪出一只奇長花尖」的易先生，但廣東仔梁朝偉，不是最能詮釋「feel into self-deception」的精采人選？也許我們看不到楊德昌冷冽銳利、可能較貼近「張腔」的《暗殺》，但有更溫暖、且爭取到好萊塢預算的李安，不也令人雀躍？

孤苦一輩子的張愛玲，曾經夢想在好萊塢大放異彩；現在她已看不到了（宋淇、楊德昌亦如是），能夠親眼得見的我們，也許就是一種值得品嘗的幸福。

二〇〇七年八月《印刻文學生活誌》

注釋

王藍於一九九一年三月十三日曾在《中央日報》副刊寫道：「張秀亞讀輔仁大學時，發起並主編《文苑季刊》，作者多爲燕京、輔仁、匯文師生，是那時淪陷區罕見的沒有一絲親日漢奸氣息的純文學刊物……在師長沈兼士教授、英千里教授領導下參加了敵後抗日愛國工作。她歷經艱險，跋涉六十日夜到達重慶……。」由於其他三位均曾負軍職，而張秀亞一向予人柔弱的印象，因此刊載時曾遭編輯誤刪。其實張秀亞除了曾從事敵後工作的哥哥被作爲《藍與黑》主角張醒亞主人翁之一（爲著這番因緣，該書英譯本由張秀亞作序），自己來台後長年擔任國大代表，有極其堅韌的一面，並非表面上那麼不食人間煙火。

《色，戒》新聞戰後記

二〇〇七年開春，李安正全力封鎖一切《色，戒》的相關新聞，我卻已經在〈向左走，向右走〉討論抗日時期汪僞政權種種。這向來是個爭議性極大的課題，我想李安會保密一來爲避免影片過早曝光、二來正爲著防堵漢奸的議題發酵！因此當影片終於拍竣、宣傳山雨欲來之際，《印刻文學生活誌》突然決定閃電推出《色，戒》專題，我就意識到可能將掀起一股「鄭蘋如風雲」！

中國近百年來戰亂綿延，正史難修，因此出自稗官野史之流的「掌故、佚聞」著實不少；由於受過正式新聞專業訓練，我對這類筆墨向來抱持著「求證再求證」的態度。鄭蘋如之說在張愛玲小說發表、並與張系國大打筆戰時就已曝光，因此我在搜尋時就專注於更早期的資料來源。後來尋獲堪稱正式新聞論述的只有兩部：一是勝利後在南京開辦「大聲通訊社」和《大聲報》的徐健秋，在民國四十六年出版的《女記者回憶錄》。她表示係鄭蘋如好友，理應有第一手的價值。其二是《聯合報》記者李勇在五十五年期間採訪調查局的系列報導，當時得到局長沈之岳和公共關係室主任朱陵雲的協助，後來集結成專書《中國情報人員工作實錄》。但是兩者間的敘述仍有相當之落差，加上這畢竟是四、五十年前的資料，新聞的規格遠遠不如後來嚴謹，因此當《印刻》表示文友蔡登山所搜集到的資料更爲詳細時，分派工作這部分就以他爲主；至於我，除了負責坎城名導楊德昌曾想拍《色，戒》的部分，並對王佳芝並非鄭蘋如再作了平衡的補強。沒想到兩個月後，鄭蘋如和楊德昌果然因《色，戒》雙雙成爲新聞頭條！

〈間諜圈，電影圈〉刊登後，除了被譯成外文，要感謝李黎、馬家輝等人引述並提到出自於我。這當然非關我是什麼權威，而是引用資訊是否來自正式管道？又是否經過專業的求證？大家都看得一清二楚。因此在《色，戒》風雲過後特別再提出這篇文章所引發的兩個問題，第一就是：到底張愛玲哪一年開始寫〈色，戒〉？

最先收錄〈色，戒〉的《惘然記》在第一版的序其實寫得很明白：「這小說集裡〈五四遺事〉

這篇是用英文寫的，一九五六年發表，中譯文次年刊出。其實三篇近作也都是一九五〇年間寫的，不過此後屢經徹底改寫。」對照前後文，張愛玲的語意其實就是五〇年代。但後來再版張愛玲全集時這個「一九五〇年間」的「間」字卻漏掉了！不少學者專家想必爲著省事，要查什麼資料往張愛玲全集一翻，就隨手寫下一九五〇年開始提筆。一九五〇年張愛玲在幹麼呢？當時中共政權建立，清算風潮已起，有「汪僞」「前科」的她正忙著韜光養晦，躲起來用筆名「梁京」寫左傾的《十八春》表態兼維生！我想再怎麼遲鈍，都知道性命交關、收聲斂跡的道理，更何況敏感如張愛玲？

當然宋淇之子宋以朗當時也在《亞洲週刊》發聲，說在其兒時就看到張在撰寫〈色，戒〉了。眼看盜印風起，宋以朗趁此熱潮出面「宣示主權」確實是個好時機；不過回歸到文學本身，我認爲：攸關〈色，戒〉創作的兩位當事人僅有張愛玲、宋淇，且兩人都已經提出他們的說法，而且也已經過相當〈包括〈間諜圈，電影圈〉該文〉的印證了。硬是指稱〈色，戒〉始於五〇年要證明什麼？當時她的創作環境多自由？還是她多寫了這麼些年更加「千錘百鍊」？

第二個問題就不是這麼容易釐清了；那就是張愛玲否認參考金雄白，那是否有參考其他資料？金雄白的說法又是否有立場問題？這也正是爲何我在〈間諜圈，電影圈〉之後，現在提出徐健秋和李勇這兩部作品作爲存目的原因；原先個人的想法很單純：既然鄭蘋如的文章不歸我負責，手頭資料就不要提出以免和同仁折衝橫生枝節。但看到電影後，我的想法改變了：因爲李安、王蕙玲收集汪僞資料雖不亞於蔡登山和我，甚至尤有過之；但他們和所有考證新手同樣犯了「資料癖」的毛病——發展根基單薄卻不斷搜集旁枝以爲壯大，還捨不得割捨造成能塞就塞的細節臃腫。這種情況往往會犯到一些最根本的錯誤：比方〈天涯歌女〉是當時的歌沒錯，可是一個洋學堂出來的女大學生，當時被視爲高級知識分子的，是否會聽當時視爲「娼優者流」的流行歌？又是否會自比爲歌女呢？王蕙玲的史料搜集不可謂不多，卻違反了基本常識。而其對史料「豐而不富」並無自覺，卻因過程的辛勞導致自以爲憑恃，這更易造成進一步推論上的漏失。王蕙玲的「資料癖」引爲憑恃可能已經到了自認「無一處無出處」；證據之一是他們給易先生編了個綜合胡蘭成和丁默邨的名字，叫「默成」；二來他們選用扮賴秀金的女演員不但和鄭蘋如有三分相像，他們給她安排的髮型、化妝、打扮都讓她更加神似鄭蘋如；三是編劇王蕙玲自行宣稱她在劇中編寫的女主角已經不是張愛玲筆下的王佳芝，而是王和張的綜合！我想這些形似而實不存的「按圖索驥」，已經到了必須爲文討論的程度。

張愛玲和胡蘭成的生平是他們兩人的資產，這是很清楚的；胡蘭成自己一再出軌還在《今生今世》大書特書，文筆雖好，卻一直遭到「利用張愛玲」之譏，這已是鐵錚錚的事實。

三毛過去曾在《滾滾紅塵》「借用」了張愛玲的部分生平，這使得她亦遭受批評，並導致在金馬獎落選及其後的悲劇事件，這亦是已發生的事實。但我覺得一來三毛已經將這整個故事作了全然的浪漫美化，並以當時最紅作家之身、用個人生命作了全副的情感寄託和轟轟烈烈詮釋，這讓人感受到她對張愛玲渾然忘我的敬愛，也正是如果是我，不忍也無法對三毛提出苛責的地方。

今天王蕙玲把張愛玲並未涉及公眾利益、更未出售版權的隱私當作自己發揮的資產，這已經令人詫異；她之後更公然宣稱她認爲張愛玲有戀父情結，並把其編寫在情節當中，我想這已經無關創作自由，而是道德上的問題。今天即便是任何張愛玲文學專家，要發表類似言論，都得經過刊載媒體的文學專業編輯把關背書，再經過各領域專家的挑戰批評（比如《色，戒》新聞熱時汪榮祖、裴在美、李黎等人大作）；而相較於經年累月研究張愛玲的文史專家，我不曉得王蕙玲怎能斬釘截鐵地認爲她完全摸熟了張愛玲、更堂而皇之地將「戀父情結」編入《色，戒》當中！更遑論——一部電影挾其上億資源，拍完就是拍完了，無從修正，所犯錯誤亦無從並列——自認專業如她，又豈可不愼？

自《色，戒》新聞戰中轉了一圈回來，自己雖然全身而退，但部分文友遭逢批評的遭遇都讓我警惕考證爲文時必須更加嚴謹。基於這個原因，此次藉出書之便，特地將這兩部著作提出存目，一爲鄭蘋如親友、另一代表調查局意見，以供後來者對現行以金雄白《汪政權的開場與收場》爲基礎的發展論述提出補強。

寫於二〇〇八年二月，部分論述已發表於二〇〇七年十一月《明道文藝》

宋淇（左）、夏志清照片及唐文標作品

張愛玲與四個男人

唐文標、朱西甯、夏志清、水晶

寫到張愛玲，似乎是文壇話舊難以「倖免」的命運①；畢竟在馬奎斯（當然還有卡爾維諾、波赫士、米蘭昆德拉和村上春樹）之前，她幾乎是台灣小說唯一壯大的支派。在那些族繁不及備載的洋涇浜出現之前，台灣小說就只有一脈單傳——張派！除了以獨創風格打出江山，有志文學的青年幾乎摒除了朱西甯、王文興、潘人木、於梨華等各色風華②，獨尊張愛玲，那種對世間終極迷戀的纏綿、那種人小鬼大的老練與恍惚的姿態。有趣的是這些特色並非皆出於張愛玲自身——如她本人相當寡情，解剖嘲弄不遺餘力，這與鍾曉陽等人截然不同——有時甚至係出自其筆下的世界：文學青年自願投身書中，摹而擬之、吟哦蹉跎，那股癡狂已經演繹成一種「後現代」的風景。

張愛玲畢生崇拜葛麗泰嘉寶，也同時仿效她的神祕作風；這位天后之威使得日後人們一提到約翰吉伯特（默片時代偶像）、西西畢頓（《窈窕淑女》服裝設計），甚至大指揮家史托考夫斯基（曾經主演《幻想曲》、《管絃樂中的少女》）等人都統稱為「嘉寶的男人」。我當然沒見過張愛玲——如果有那麼多人見過她也不會「物以稀爲貴」，甚至去翻她的垃圾桶來寫成文章了——但因緣際會，對公認「崇她社」的四大主將朱西甯、夏志清、唐文標、水晶都有一定的認識。這四個人到處談張愛玲、寫張愛玲，爲她打筆戰底定江山，使得台灣文壇幾乎演變成「無日不張」，成爲華文文學史上的公案。將之和張愛玲並列，於他們是心願所償，於張愛玲也沒有不敬之意，無非就是借借銀燈，把這位華文世界的「嘉寶」也照上一照罷了！

唐文標

追溯過往的長河，最早的記憶竟是參加唐文標先生的婚禮！還記得婚禮是在太平洋俱樂部舉行，沒有喜宴，新娘未著婚紗，加上高凌風也出現在這個原應文友齊聚的場合（他穿著一身白色勁裝，鶴立雞群地在人群中；說眞的，倒比新郎更像新郎），種種和傳統截然不同之舉，令當時稚齡的我深以爲異。

唐文標之所以在「張派」中獨樹一幟，在於他並非一味崇拜，相反的，幾可算是批張最烈的論者之一；因此，他也被許多張迷譏爲「由愛生恨」，並成爲引爆鄉土文學論戰的導火線。

如今事過境遷，我覺得必須提出唐文標最値得肯定的幾點：第一，他是第一位張愛玲考證專家，和夏志清一齊奠定「張學」的研究基礎。我們今天能夠讀到《連環套》、《創世紀》等出土文物，對張愛玲的創作脈絡、創作心態有更清晰的了解完全得歸功於他；第二，他堪稱所有張學研究專家中最具「史觀」者：許多文評者只是一逕發洩自己好惡（儘管層次有別），卻完全忽略「史觀」是建立創作者藝術評價的基本素養，這和日後許多「圖書館專家」翻出張愛玲又發表過什麼佚文相比，其層次高下立判。第三，他是第一位排出張愛玲創作年表的研究者，這其實也應該是「作者論」研究最基本的觀念，但在唐文標之前沒人這麼做。「研究張愛玲」並不是「我愛張愛玲大賽」，唐文標比許多嘴裡成天掛著「我才是『張派』首席」的「研究專家」踏實地付出更多心力。

唐文標先生的晚境不算如意，他的言論觸怒了張愛玲及出版社，使得資料引用時得不到版權許可，出版後還被迫回收，堂堂數學洋博士（柏克萊和伊利諾名校學位）不得不回歸到老本行，奔波任教；但是他從未喪失那種狂傲的理想精神，每次見到他，還是操著那口廣東國語，比手畫腳的大談文化建設，晃著大鼻子呵呵大笑。那時他為稻粱謀到處兼課，見面機會越來越少，最後得到的消息是——鼻咽癌復發故去。

甚至連他的去世也神祕地和張愛玲拉扯上關係：為了將那些不得對外發售的《張愛玲資料大全集》給搬回家，大熱天他一人扛著書磚搬上搬下，結果造成放射線治療的傷口迸裂出血，拖不過兩天便溘然長逝。他死的時候還不到五十歲，喪禮上許多人一見到孤兒寡婦都哭了。

時光荏苒，唐文標故去已近二十年；二十年了，張派由盛而衰，又因《色，戒》翻紅，再度變成顯學。若加入時代因素考量，他的張愛玲研究應該仍舊是最翔實、最具分量的。到底是當初他太具前瞻性，還是後繼的研究進步太難？如果唐先生地下有知，大概會哈哈一笑、喝道：「小伙子！你難道沒聽過『凡走過必留下痕跡』嗎？」

朱門

蘇偉貞曾爲「張迷」取了個略帶玩笑的名字，叫「崇她社」。不過，張愛玲晚年對該社「四大護法」多已不予理睬——常以社會意識批判她的唐文標固不必提，水晶係將私事撰文公布引發張的不悅，朱西甯則因與胡蘭成相交而被予以斷絕。

縱觀這四大護法，功勳彪炳，各有其輝煌資歷；其中若論引介張愛玲的貢獻，我認爲夏志清和朱西甯幾乎不分軒輊——若說夏志清肯定張愛玲的歷史定位、帶給她前所未有的榮耀；那朱西甯則爲其開宗立派，確立張愛玲的祖師地位。換言之，他是個行動家，而且是個充滿浪漫革命情懷的行動家。

朱西甯之所以會扮演這樣的角色，可謂其來有自：自小就聽到不少前輩說起，朱先生的愛情是很傳奇的：據說他在杭州藝專本有位女友，三十八年大動亂，兩人就此失聯。有天他在報上看到那位女友得了網球雙打冠軍，自然很興奮地寫信去學校問（幸好沒被教官半途攔截），誰知，竟只是同名同姓！

這個女學生心地很好，知道朱先生睹名思人，就常寫信關心。不過她文筆欠佳，遂找了搭檔、另一位雙打冠軍捉刀。年輕男女通了一陣子信，就約著見面了；那時民風保守，女學生只得約了她的搭檔——劉慕沙作陪。不料這一番「送佛送到西」，卻撮合了劉慕沙和朱先生，一回生二回熟，兩個文藝青年，自然而然地就走在一起。

看過朱天文寫外公家的讀者都知道，劉家是苗栗望族，朱先生卻只是個窮大兵，要打破籍貫、階級結合，那簡直是難上加難！在一切都是「無解」的情況下，還沒畢業的劉慕沙只得選擇私奔。她來到鳳山，住在破舊的眷舍，兩枝筆寄望以文養家，滿心憧憬著未來。

朱先生不是無名之輩，不久劉家找上了門，剛洗完澡的劉慕沙就被帶走了。朱先生下班回來，家裡只剩一盆冷水；據說當時朱先生以爲此生再也見不到劉慕沙，哭泣中還不忘找個瓶子，將洗澡水裝了滿滿一瓶，由此可見他們相愛之深。

劉家找回女兒，接著就要討回公道了！朱先生被告上了法庭，開庭那天，劉家兩老這還是第一次看見朱先生。結果他的長相幫了他大忙——這位清秀、單薄的年輕人就只是默默坐在那裡，滿臉悲苦地低著頭，使劉家頓時知道這位女婿是什麼樣的人。劉老先生「審訊」了幾句，就嚷著：「不告了！不告了！大家去吃麵！」結果台灣最著名的文學世家也從此誕生！

我們家和朱家有兩代交誼：母親和朱先生所屬的政戰文藝系統頗多業務往還，父親則在朱家兩姊妹剛起步時，將她們編入《一九八〇——二十大青年小說家合集》當中。那時筆者還是學齡前兒童，到過家裡的竭盡所能，也僅記得蕭麗紅、蕭毅虹、古蒙仁、李赫、黃海幾位，朱家姊姊是怎樣也想不出了。朱先生自是從小就看過的，但印象逐年遞移，如今僅存的，也只是他滿頭華髮的模樣。

我推算了一下，在那十來年，一連發生了鄉土文學論戰、三三崛起沒落、胡蘭成被驅逐出境、《八二三注》爭議等事件，無論哪一樁，朱先生都是無役不與的主將，他之生病導致容顏大損，勞心勞力的程度由此可見！他肩負文藝宗師之責卻將地位讓與旁人，對文藝、尤其是對張愛玲，那虔誠不言可喻。

在幾位推崇張愛玲的前輩中，朱先生的作法是最難得的；有些人不過是借處沾光，只有朱先生，他雖受過張愛玲的啓發，但早已走出自己風格，成爲小說大家。在這種情況下願以自己的光環來推介張愛玲，眞的只有「無私」足以形容。有人歸諸朱先生是基督徒的緣故，但同樣是基督徒，盜名斂財者亦所在多有；朱先生在明知對己不利的情況下，不斷運用手中文藝資源推廣張愛玲的作品，其行之虔，其敬之誠，就算是嫡嫡親親的「入室弟子」，恐怕也不過於此。

可惜的是，這樣的付出最後卻因胡蘭成而導致決裂。

「給西甯——我心中永遠是沈從文最好的故事裡的小兵。」

——張愛玲

張愛玲一度視朱西甯爲最忠實的支持者；但追根究柢，朱西甯「宗教式」的獻身熱忱和她有太多文學態度上的不同。儘管張愛玲對遙遠的台灣，出現這麼一位後進，在她一文不名之時如此擁戴著她，想必有著相當的動容；但我相信她對朱先生的小說，感到氣質迥異的部分一定更多。恐怕連她自己都料想不到的是：後來居然會爲這點理念上的差異，造成兩人決裂。

張愛玲在海外生活一度很苦，因此身爲虔誠教徒的朱先生，很早就有供奉張愛玲的想法；但沒想到張愛玲生就一副堅毅心腸——從來只有她爲情爲道義照顧胡蘭成、賴雅到窮途末路，而沒別人照顧她的——因此堅辭不就。也不知朱先生是否懸念過甚，當他得知胡蘭成的潦倒，就產生了「愛屋及烏」的作爲。

儘管不是盤算過的抉擇，但基本上奉迎胡蘭成對廣大的三三集團居功厥偉。單就文筆來說，張的淒豔犀利，與胡的魅惑飄忽若能完美結合，已是華文世界數一數二；況且胡的「學說」（之所以打上括號，係因就本人所見，實有太多「印象」認定，欠缺扎實的分析——如一廂情願的尊東貶西、輕率批評西洋繪畫音樂）加入，擴充了張式作品的眼界血脈。就建立一個思想體系而言，胡蘭成的清越飛揚欠缺落實和責任，終其一生都不是夠完整的哲學思想家；但就境界而言，他爲三三子弟撐開了格局和眼界，使她們在歷練不足下卻有較高的出手。這其中道理至明，只要看看香港、星馬也有些學張學得金粉堆砌、練極而熟卻氣質俗濫，就知我所言不虛。

三三當年崛起是多方成就出來的，除了豐饒的文學養分，還有彼時風起雲湧的民歌運動等風潮，給予這批年輕人世代交替的機會。當然事過境遷，這些現今的社會中堅——包括台灣政黨輪替之後某些綠營執政要員——是否願意緬懷朱先生，或僅認定攫取資源天經地義端賴他們自己。我不是歷史學家，更非法官，這種事恐怕也不是我去充荊軻聶政就可理得清的。不過那天在「紀念朱西甯先生文學研討會」（二〇〇三年）上廖咸浩（時任台北市文化局長）的一席話卻也提醒了我：他不知被誰指出「曾參與三三的文學活動」，廖咸浩有些羞澀卻坦然地說這其中自有「少男的祕密」。因此我也領悟，有很多事就像初戀一樣，是帶著祕密、當事人也不見得能時時回顧的。唯一值得安慰的是：朱先生在天之靈恐怕也不會在乎別人紀不紀念他。

雖則朱先生提拔過很多後生晚輩，不過我卻無福享受：我太年輕，又沒進軍寫作的熱忱野心、從未按「慣例」參加社團或徵文，當然也就和三三沾不著邊。十幾歲投稿一篇樂評，接著就成爲音樂雜誌主筆，寫了就登，從沒想過那些初學者見報有多艱難。唯一一次，係服義務役時因薄有文名奉派參加國軍文藝金像獎競賽，費盡九牛二虎之力，寫了個橫跨抗戰、大陳島大撤退到現代搞學運的小說，大概就是最後搞學運這項壞了國防部胃口，輸給一個寫空軍摔飛機後又「殘而不廢」、還因擦皮鞋而致富的「神話」。這種事本也不必再提（我自己就從未把作品拿出來發表），不過當時身爲評審的朱先生不知怎麼非常欣賞這篇作品，每次見面都讚我寫得比父親還好，還說給我第一名，可惜勢單力孤。事隔好幾年了他還一提再提，我大概應該前去登門請教才對；但老實說：從那時起我就始終沒有勇氣再來這麼一次，朱先生的好意更是只有心領，絕非不識抬舉。

朱先生患病的消息傳來讓我很是吃驚，從沒想過豁達、淡定的他也會罹患癌症。父親和小民阿姨發起了一個禱告會，很多信教的文友都前去祈福，但或許上帝決定要讓辛苦一輩子的朱先生休息了，他在一九九八年逝世，享年七十一。

很高興在朱先生逝世五周年時，文建會舉辦紀念研討會。那天見到劉慕沙前輩，說起朱先生還是宛若眼前。她說朱先生就像一個熱水瓶，外表保守，裡面卻是燙的。

提到熱水瓶我不知怎麼又想起洗澡水的故事；慕沙阿姨像個小女孩咧嘴一笑，渾身通上一股電流似的、眼睛裡霎時點亮另一個世界。論五官，她不是什麼大美人，但全身充滿了人情之美，體諒、信賴、永遠帶著興致去看世界。我相信天上地下，朱先生永遠與她同在。

夏志清與水晶

很難形容第一眼看到夏志清的感覺；如果一定要說，一言以蔽之，就是「快」！

因爲快，他搶先肯定張愛玲的歷史地位；因爲快，他開風氣之先寫出《中國現代小說史》；也因爲快，他缺乏一般洋學者的穩重作態。但他眞的不失爲夠幸運，以一介華人活躍美國學界，不需擺什麼架子、自有身分的正當性和無可取代；馳騁的舞台——台灣文壇又因地域之隔，多了超然客觀的金身。他是後輩心中武功卓絕的老頑童，位居高堂卻不拘於世俗，是眞正大情大性的人。

天才都需伯樂，年歲漸長，越發體會急公好義那個「急」字的珍稀；許多死後才大紅大紫的作家，對比生前的抑鬱不得志，顯得分外殘酷。當我見到夏志清時張愛玲已去世，但遙想五十年前仗筆執言，使張平地一聲驚雷、扶搖直上地成爲一代宗師，令人仍對當年的義行感念不已。

那天是北美作家協會頒獎給琦君、王鼎君、王德威和父親，夏志清是王德威的老師，應邀出席頒獎。「夏公」頭髮早已斑白，但他大聲嚷嚷、紅光滿面地縱橫全場，開開心心的，像平生頭一遭赴宴的小孩兒。應邀致個辭，是替王德威引言，結果老先生不斷用口音「狠」重的連珠炮大讚王德威，「笑」果更甚於效果，讓一向機敏矜持的王德威也當場紅了臉，看著台上兩大教授競賽臉紅，讓我深深感受到身處文學大家庭的幸福。

那天趁機捕捉夏先生很多鏡頭；但事後照片洗出，幾乎每張都像晃動到似的，可知夏公有多麼「俯仰百變」了。這麼一個坐不住、耐性應也有限的人，對張愛玲的幫助卻是一輩子：將她介紹給加州大學的陳世驤、在其門下任職；而後夏氏昆仲的學生莊信正及由莊介紹的林式同，一直照應到張愛玲生命告終。古語所謂「禮失求諸野」，兩岸多年離亂，一切皆以經濟掛帥，文學藝術早被糟蹋到無以復加，雅士古風更是已不可得；這麼幾位旅美華人輪番照顧冷僻怪誕的張愛玲就算不是唯一，也是極其罕見的「義行可風」了。

在陳世驤突然身故、張愛玲被迫去職之前——不知是否因爲惶惶未定，她接見了水晶，希望以較爲主導的方式，將自己的面貌傳世。水晶接觸張愛玲較晚，其早年顚沛流離，從上海到重慶，到台灣、婆羅洲、汶萊、加拿大至美國，他能立定志業、終能學得有成，在離亂的年代，自有其過人之處。而他和殷允芃是張旅美後發表訪問的唯二作者，這點看在很多「張迷」眼中，當然是值得豔羨的「仙緣奇遇」了。由於殷允芃堅守正式新聞採訪原則，而水晶那篇多了「見到她，天地都要爲之震動」等「此生可以休矣」辭彙，往後他又以張愛玲研究、隨筆張愛玲的方式一提再提，因此同樣是訪問，水晶的邊際效益顯然較殷允芃要豐收得多。

水晶的個性，按照他自己在〈夜訪張愛玲〉中所述「大概她認爲我這個人固執得可以，看小說從一個先入爲主的觀點出發，不太從容，顯得霸道」等語，可以想見當年他和林柏燕打筆墨官司的激烈程度。不過《張愛玲的小說藝術》當中最出色的篇章，就算有些鑽牛角尖也仍鑽得擇善固執，相當細膩。他晚年寫了些上海老歌的隨筆，開拓了另一層領域。

我和水晶論交正是上海老歌結的緣；那時美國大學的東亞研究所突然大興，寫上海老歌可以變成一門社會文化學；時任淡江大學教授的水晶大概對回美國任教仍有興趣，因此對我的古典音樂背景相當看重。他家住長沙街，但在中山女高後面另有一工作室，豢養著金絲雀，話題繞著周璇、白光僵持不下時偶爾會被這種東西尖銳的叫聲打斷。坦白說，我的聲樂研究雖然相當廣泛，但對這種號稱善歌的禽鳥沒什麼好感：聲音雖亮，但是單調，上海老歌談著談著往往金絲雀又在那邊叫餓，水晶就得拿著小白菜、蛋黃去餵。這些說來也是十多年前的事了。③

因張愛玲而造就文名的當然還有胡蘭成，是個不學有術的天才。他的「狐」言風語丰姿嫣然，是第一流的散文家，但就其自認的文化論述及現存的史料兩項價值，以筆者受過正規新聞訓練及長期從事文獻研究的眼光觀之，卻有太多值得商榷的部分。例如據池上貞子的〈張愛玲和日本——談談她的散文中的幾個事實〉：「那個叫M（即爲炎櫻）的女學生把我帶到她的朋友，一個從香港逃難來的女作家的家裡，那個叫C（即張愛玲）的年輕作家生活很苦，我和M一邊倒著白開水，和她坐在沒有一絲熱氣（應爲沒有暖氣）的房間裡談論文學……。」請問，這和胡蘭成的「她的房間竟是華麗明亮到令人刺激」有多大的差別？胡在〈民國女子〉中爲塑造自己的風流倜儻，將張愛玲寫成「危城佳人」，這固然造就張愛玲更上層樓的神祕光環，但對全體華文讀者卻損失很大；據張愛玲致夏志清信函所寫：「沈登恩（遠景出版社老闆）是胡蘭成的出版人，曾寫信來要替我出書，說『胡先生可代寫序』，我回掉了之後還糾纏不清，只好把送的書都退了回去。又去見宋淇，說現在知道錯誤了，胡蘭成的書也已經都收回了。前一向又聽說仍在經售，我根本沒信沈的話。」

也因爲擔心胡蘭成藉機牽拖個沒完沒了，她寫就十八萬字、帶有自傳色彩的長篇小說《小團圓》終於無法面世。如果此書面世，現今張愛玲全集的風貌自然又大不相同；筆者雖非張迷，總也忍不住請問《今生今世》的擁護者：是寧願要書中〈民國女子〉那一章，還是整部十八萬字的《小團圓》？幸而最近得到消息：遺囑執行人並未遵照張的遺願、毀掉《小團圓》。站在書迷的立場，當然還是希望這部遺作能有出土的一日。

經典雖然永恆，但其價值如果建立在社會意義之上，就免不了面臨時代變遷的考驗。曾經風靡整個世代的張愛玲，影響力已逐漸消退（成書之際又因《色，戒》風潮突起另有一番光景），現今讀者恐怕難以想像她爲何要裂絕得如此痛徹，那種孤身走遍烽煙的孤絕，是怎樣讓一個對人世充滿敏感好奇的少女變成最後的漠然。從小缺乏愛，也拙於去愛的她曾那麼情意綿長，在胡蘭成一再出軌之後還不斷寄錢過去；照顧半癱的賴雅，不斷變賣母親遺物；哪怕被炒魷魚了，還在萬難中設法接見素不相識的水晶。這位一代才女的裂絕就算出於本性，恐怕也不乏淒涼無奈的成分吧！

二〇〇三年六月至九月《幼獅文藝》

注釋

① 自二〇〇二年起，作者在台灣的《幼獅文藝》連開四年專欄，寫台灣文壇三十年來的印象記；在一系列點將之後寫到與張愛玲關係密切的四人，故有「難以倖免的命運」之語。由於都是親身經歷，雖涉及評論，但主調以懷舊抒情爲主，和全書體例略有不同，特別在此說明。

② 白先勇因爲與張愛玲系出同源，同樣沿襲《紅樓夢》與海派文化，成爲一個必須單獨討論的特例。此外朱西甯先生領導的「三三」成員有許多最後從「張派」轉變成所謂的「胡派」，這固然出自張愛玲本身著述的「文本」不夠多樣，在哲學文化上的層次也不夠深厚，使得這些作家在成長的過程中不得不另覓目標；但胡蘭成之所以起家仍是打著張愛玲的「神主牌」，從創作最基本的出發點——文學情感來說，這些人仍應歸諸「張派」之下。

③ 此文寫於二〇〇三年，當時研究風氣尚未大開，檯面上的張學專家以這四位最爲代表。不過在越來越多資料考證出來的今天，若要剖析張愛玲的生命歷程，我想林以亮——儘管他的種種協助多出於檯面下——將扮演更關鍵的位置。爲著後繼者研究方便，在此將四位作家的時代資料略述於下：

唐文標（一九三六～一九八五），香港新亞書院英文系，柏克萊大學數學系，伊利諾大學數學博士。唐文標最先以詩論跨足台灣文壇（七〇年代），後藉海外關係收集資料之便，開始進行大規模的張愛玲研究，成爲第一位張愛玲考證家。可惜由於和張愛玲互動不佳，後繼論述價值逐漸湮埋。唐文標編著的四本書——《張愛玲雜碎》、《張愛玲研究》、《張愛玲卷》、《張愛玲資料大全集》迄今仍爲張學研究者必備之書。

朱西甯（一九二七～一九九八），本名朱青海，杭州國立藝專肄業，後投筆從戎轉進台灣。朱西甯自年少時即醉心張愛玲小說，來台後勤於寫作，以擔任軍中文化工作職務，加上著作等身，對推廣張派流風發揮了極大的影響力。可惜者，係其張學注疏論量不及其他三位，但朱西甯對確立台灣「張派」之功，絕對舉足輕重。

夏志清（一九二一～），滬江大學英文系畢業，美國耶魯大學英文碩士、英文博士。曾任教北大外文系、美國密西根大學、紐約州立大學、賓州匹茲堡大學、哥倫比亞東亞研究所，現已退休。夏志清係基於學術需要，撰寫《中國現代小說史》；收集資料時經宋淇推薦，得識張愛玲。《中國現代小說史》英文版於一九六一年三月於耶魯大學出版部發售，出版後在右派華人文壇一舉捧紅張愛玲和錢鍾書。

水晶（一九三五～），本名楊沂，台灣大學外文系畢業，美國愛荷華藝術碩士，加州大學比較文學博士。曾任教南洋婆羅乃大學、美國洛杉磯大學中文系、淡江大學英文系、杭亭頓基金會研究，現已退休。

一九五四年開始發表小說，爲台灣意識流小說先驅之一；一九六七年開始研究張愛玲小說，爲台灣鄉土文學論戰中「護張」戰將。收錄訪問張愛玲的《張愛玲的小說藝術》（一九七三）雖有少數值得商榷之處，卻是早期最重要的張學論著之一；之後的《張愛玲未完》，某些論點參考價值已不若既往。不過，水晶論及張愛玲的文章尚分散在《蘇打水集》、《拋磚記》、《桂冠與荷葉》等著作之中，必須皆瀏覽過才算得窺全貌。

白先勇的小說與戲劇

小說和戲劇，形式雖然不同；但盤根糾結，一路彼此交錯，傾軋出耀眼的火花。小說大家白先勇，幼年受古典通俗文學中的「說部」影響，奠定戲劇因子；及長迷上電影、戲曲，特別喜愛梅蘭芳及白光、費雯麗、李麗華，他們特出的明星魅力及演繹技巧——尤以受過嚴格舞台訓練（費爲英國皇家古典系統、李則隸屬京劇「程派」）的後兩者爲然——帶來許多啓發。這使得他從事小說創作之後，勾描那些海上繁華、舊歡如夢的尤物，讓觀眾雖驚鴻一瞥，卻在腦海中留下永恆的烙印！

白先生的小說膾炙人口，改編成影視作品亦是「蓋有年矣！」風格流派，繁衍甚雜。不過，我還是試圖歸納出一些共通處：

四大要點，理解白式改編特性

一、他的戲劇都是改編自己的小說，既不編新劇，也不爲人作嫁（《牡丹亭》例外）。

二、對製作掌控高，特別是在早期；這固然出自其戲劇感得天獨厚，及求好心切使然，但也不止一次造成某些單位齟齬。即使現在不再參與前置作業，他仍然保留選角權。這點和田納西威廉斯不謀而合。

三、談到選角，又受兩點影響：一是他本人自小挺拔俊秀，眾所矚目（這點和張愛玲大相逕庭），因此對「明星魅力」的體會遠較常人為高。二是他自幼看戲，受到梅蘭芳、程硯秋等大派名角兒影響，一登台一亮相，就要有懾伏全場的氣勢。如梅蘭芳曾贏得「伶界大王」令譽，程硯秋演全本《鎖麟囊》要出動整整八位丑角，以襯托出「名門正旦」氣派；這在往後台灣京劇界所慣習的「聯合公演」，較不多見。即便如《孽子》這類寫實中下階層人物的作品，不再出現豔冠群芳的「一代名花」，他也相當要求角色氣質與外形魅力。這使白氏角色往往成為群星競逐的大熱門，因為他們知道：經過鎂光燈的聚焦、烘托，能特別彰顯出個人的魅力。

四、和威廉斯另一共通處：就是同為文體家，劇本具有華美的文學性；但文學劇本有些宜讀不宜演，白能跳脫罣礙，受惠於音調鏗鏘、語言鮮活的《紅樓夢》。

只有先了解這四點前提，才能敘述白氏戲劇的歷史和影響。

劇場、電影無限風華

《遊園驚夢》一九七九年香港大學首先改編成話劇演出，使白萌生大型製作的構想。八十二年在台推出由盧燕、胡錦、歸亞蕾、劉德凱、錢璐、崔福生主演的鉅型舞台劇，結合多媒體設計，締造話劇史上的里程碑。盧燕幼承梅門，五官神似，有「女梅蘭芳」之稱；

天辣椒胡錦，師承文武崑亂不擋的母親馬儷珠，現場演唱《貴妃醉酒》，技驚全場。八八年此劇移往對岸由一代名旦華文漪主演，崑劇泰斗俞振飛就在台下爲愛徒把場，台上台下對映成趣，堪稱歷史性的盛會。本劇對崑曲的復甦，充滿傳奇性的貢獻；而後華文漪出走上崑赴美跳機，更對往後整個崑劇生態的發展，造成不可磨滅的轉折。

《金大班的最後一夜》一九八四，白景瑞導，姚煒、慕思成、歐陽龍、沈海蓉主演。

因爲《遊園驚夢》大轟動，使得《金大班》的開拍變成選角大賽，多人破例毛遂自薦。很多叱咤一時的名字，如《愛奴》何莉莉、《黑市夫人》陳麗雲等皆爲熱門人選，最後卻由姚煒爆冷門出線！她擁有洋場交際的嫵媚靈活，但又能演出時移事往的滄桑。此後多家片商試圖重拍《金大班》卻未能如願，直到廿一世紀才又再推出劉曉慶的舞台版。但徐克、杜國威在懷舊電影《上海之夜》編出個求婚狂「男金大班」，及杜轟動一時的《我和春天有個約會》，都可視作受其影響。

白景瑞和白先勇結緣早在六〇年代的《寂寞的十七歲》。這部唐寶雲主演的電影和小說無關，只是打過招呼、因襲片名而已。白景瑞曾是留歐新潮導演，但至攝製《金大班》時手法已老（金跳繩一幕尤爲突兀），僅算開風潮之先；在形式上，對新電影的藝術啓發要數《玉卿嫂》。

《玉卿嫂》一九八四，張毅編導，楊惠姍、林鼎峰、阮勝田、傅娟主演。

《玉卿嫂》的故事鮮明、情節完整又強烈，故很適合拍成電影。七〇年白先勇即組成工作團隊展開籌拍，並談妥盧燕爲女主角。當時盧燕主演描寫貞節牌坊的《董夫人》，光芒四射，因此得到船王董浩雲的支持籌拍；劉文正、王瀚、王俠軍都曾角逐男主角之位，直到大火燒掉船王的豪華郵輪而作罷。而後李翰祥、李行、白景瑞、宋存壽、許鞍華、王童等巨導都洽談過，也冒出過唐寶雲、汪萍等人選，直到《金大班》先行開拍，《玉卿嫂》也交給張毅，前者新聞一路轟轟烈烈，後者則捨作者自編劇本埋頭猛拍，上片後在台港皆創下高票房。

楊惠姍原是社會寫實片豔星，演《電梯》時展露強烈企圖但未獲金馬提名，第二年就連拍《小逃犯》和《玉卿嫂》。結果《玉》因床戲尺度甚至還超越《金》而引起保守勢力反彈，金馬評審團反倒提名《小逃犯》。最後楊以全年表現擊敗勁敵姚煒，並以《玉卿嫂》榮登亞展影后。《玉卿嫂》另外還參加威尼斯影展、倫敦影展，證明「台灣新電影」的革新語彙一樣能勝任這樣一齣傳統 Diva 型式的古典悲劇。

《孤戀花》一九八五，陸小芬、姚煒、蔡揚名、柯俊雄主演。

林清介導演和筆者同年獲得五四文藝獎章；他拍片密集，班底生旦淨丑俱全，戲劇格式完整，但也不免定型。此片砸下重金，卡司強勁，中元作醮的大場面，更是難得的民俗紀錄；但探究細節，美學問題卻不小：相較《金》的通俗與《玉》的雕琢，林清介和監製吳宇森並未在服裝、佈景等各方面予以風格上的整合，片中的陳設、考證也讓觀眾難以感受到時代隨著情節變遷。分飾兩角的陸小芬，過大、過於觸目，鏡頭不住在她身上游移盼能增添票房，卻未能如願；倒是姚煒飾演「總司令」的精采演出吸引到攝影名家楊凡，日後在其電影作品《海上花》（張艾嘉合演）安排近似的角色；此外楊凡另一名片《美少年之戀》，雖以香港中南灣為背景，但顯而易見受到《孽子》的影響。

《孽子》一九八六，虞戡平導，邵昕、孫越、李黛玲、管管、林鼎峰主演。

孫越的角色至少綜合了原著三個人物，詮釋同志卻充滿類型化的痕跡；但李黛玲演一名「金大班」型的風塵俠女，堪稱精采。本片場面雖大，誠意雖足，但和《孤戀花》一樣，同樣為了取景問題將整個故事時空往後挪，使得許多情節發展少了時代導致的悲劇因素，減低了風雷蓄隱的力量；加上虞戡平偏向「健康寫實」的風格取向，「關懷」的角度過於陽光單純，設身處地的「理解」卻不夠，比起後來的電視版，顯得情韻略短。

《最後的貴族》一九八九，謝晉導，潘虹、濮存昕主演。

改編自《紐約客》系列中的《謫仙記》。因為《芙蓉鎮》創下票房紀錄，謝晉成為中共最走紅的導演，爭取到大筆預算和林青霞主演，是中共首部出歐美外景的大戲。集清純、美豔與氣派於一身的林青霞，是白先勇心中屬意的女主角人選，大陸影后潘虹亦自願充任配角；不料風聲走漏，林受到台灣新聞局「關切」辭演，潘虹臨時頂替扮李彤，加上編劇（白樺）、節奏均顯滯澀，成績不如預期。

《花橋榮記》一九九八，謝衍編導，鄭裕玲、林建華主演。

鄭裕玲演碎嘴的春夢婆，居然有板有眼；但此角原來僅係旁述，電影編造出她對男主角戀慕的糾葛，角色本身深沉了，卻減緩那種熱鬧流暢的戲謔感。本片的佈景論製作考證雖然不若《最後的貴族》那般精雕細琢，但頗能顯現時代變遷的滄桑感。日後大放異彩的周迅，這時還在跑龍套，在片中沒有一句台詞，扮演男主角心目中永恆的戀人。

《花橋榮記》拍竣時國片好景不再，製作本身誠意十足，但兩岸三地票房皆墨。此外《永遠的尹雪豔》、《一把青》在國片全盛時期亦曾籌拍，在當時皆屬意林青霞主演。

電視改編持續延燒

就社會意義及創作完整性來看，徐貴櫻、林建華版的《玉卿嫂》值得一提，此劇開啓了白先勇的電視時代，王靜瑩特別向戴綺霞拜師學藝。但眞正讓白先勇再掀狂潮的當然要屬《孽子》！曹瑞原以嘔心瀝血之力攝製，充滿幽暗淒清的情味。整體條件雖然受限，但曹以勤加勘景彌補，配樂雖簡，亦得疏離之美。選角上范植偉桀驁但沉穩的阿青、馬志翔畸零乖隔的阿鳳恐怕皆已屬絕響，這點《孤戀花》中的蕭淑愼亦相彷彿。

承襲《孽子》熱潮開拍的《孤戀花》和《玉卿嫂》各有選角上的問題：袁詠儀、李心潔演蕾絲邊燃擦不出火花，野性的范植偉演肺癆病人亦非羅馬影后蔣雯麗的良配。由於電視本身形式限制，若市場反應不足社會影響不大，很難單獨討論藝術意義。同理電視劇版的《那片血一般紅的杜鵑花》與劉眞交際舞版《金大班》亦作略。

戲曲拓展藝術幅度

倒是二〇〇五年在上海首演的越劇版《玉卿嫂》，令人讚嘆白氏人物在戲曲發展的無可限量。雖說比起其他戲劇形式，戲曲的改編幅度無疑最耗費心神；但白先勇自幼鍾情戲曲，戲曲塑造人物的強烈性，亦能將白氏主角的丰姿發揮到淋漓盡致。編劇曹路生才華洋溢，不單將玉卿嫂和慶生的出身邂逅都作了完整的設定，並且合情合理地編入唱辭之中。最後玉卿嫂殉情的場面雖然沒有原著儀式性的神祕感，但極具戲劇張力，爲女主角悲劇性的一生留下餘音裊裊的注解。

曹路生深得紹興戲的箇中三昧，加上功力深厚，在分場調度的安排上，盡展劇種型式所長。飾演玉卿嫂的方亞芬，原本就是袁派傳承的佼佼者，她在此劇佳腔迭出，聲情並茂，演出感染力十足的玉卿嫂；在藝術層次方面，這次演出無疑更在《祥林嫂》之上。扮演慶生的齊春雷，藝術型格要勝過舞台形象，他的尹派唱腔極富悲劇氣質，和女主角搭配得嚴絲合縫。這次演出爲方亞芬掙得該屆梅花獎狀元；加上《青春版牡丹亭》的沈豐英、俞玖林亦已同登梅花金榜，顯現白先勇的藝術，跨足傳統戲曲正是大有可爲。

個性演員＋明星魅力＝顚倒衆生

白先勇的主角往往具有明星性格（Larger than Life），一旦演員個性夠強，常有魅力相乘的效果；比如盧燕素淨、楊惠姍嬌媚，論外型原先都難說吻合玉卿嫂的描寫，但她們的剛烈搭配上明星魅力，卻可衝刺出驚人的化學變化。白先勇的演員，一定得具備「本色」上的亮度，後天如李安式的專業訓練很難發揮多少效果；對比張震在《春光乍洩》的靈神活現和《臥虎藏龍》，就是一例。可惜這種「明星性格」不盡容於台灣新潮流電影的理念，像楊惠姍後來在《我這樣過了一生》走火入魔增肥十公斤演出，一直到蔡琴和侯孝賢主演《青梅竹馬》，等於否定明星演員的專業性。許多人因成爲班底而一再獲得重用：比如欠缺口條能力的李康生。

二〇〇八年在台北登場的金大班劉曉慶，是能把明星魅力發揮到極致的好演員。她在「江湖味」及「縱橫全場」上，特別到位、過癮；她絕不在乎她的大剌剌不夠「平凡」，更能把人生的驚濤駭浪化爲自己的資產。我想這種自信，正是新電影避之唯恐不及，但白先勇所需要的。劉曉慶雖然曾是翻江倒海的大腕兒，但演出前特別向白先勇致敬，聲明她是白先勇的忠實粉絲，能「詮釋白先勇小說中的所有人物」！她的金大班之前已經征服了大江南北和新加坡，在台灣上演的時候票房反應相當亮麗，每當終了，觀眾一擁而上，全擠在台前，等著簇擁這位刁鑽、妖嬈兼而有之的「麻辣版」金大班！整個戲劇班底皆出自上海話劇藝術中心，編劇趙耀明相當忠於白先勇當年親自改編的電影劇本，但正因如此，有些場面顯得膠柱鼓瑟；除了對台灣基隆的漁港風情顯得陌生，海員、划酒拳、港岸日式的鶯鶯燕燕全都有「戲味」卻不「道地」。總而言之，隨著兩岸影視交流越發頻繁，將來可望有更多的白式小說搬上戲劇舞台：白先勇的筆力萬鈞、戲劇氣勢十足，在勾勒時代變遷上除了自有一股懷舊情韻，更常倚爲戲劇的重心；如何將這種復古氛圍成功複製而不走味兒，有待兩岸三地的好導演、好演員繼續努力。

跋

這本書寫了十六年，還好經過初先生的敦促，沒朝第十七年邁進。

這十六年當然不是只寫這本書，不過拖了這麼久，雖不能說本性疏懶，被動卻是無可推諉。「被動」者也，都在家裡等約稿；別人認爲適合我的，一通電話打來，我就大學聯招式的按照命題作文章。由於所學眾多，年資漫長，所以發表的地方也就諸子百家，簡直是周遊列國，篇篇文章得來都是故事。

最早是寫樂評。別人認爲樂評不用講求文學性，我卻不。十來歲的年齡，是有史以來最年輕的樂評人，不知道西裝筆挺作交際，只知戰戰兢兢地寫，寫到被廣爲剽竊抄襲、開慈善院般，拖著一幫吸血鬼，還是繼續寫。

寫出一些名氣了，學校得知找去重建校刊。專訪哪些名家討論後分派爲一位理論、一位實務；那時寫楚辭漢賦實在弄不來，想來想去只有《紅樓夢》了。代表學校去訪問康來新教授，某些見解居然引起「台灣紅學名家」詫異！「寫下來！寫下來！」康教授連聲說道。文章寫完她拿去發表，就這樣，登上《中央日報》。

那篇〈金玉良緣和木石同盟〉討論書中的陰陽五行，文雖稚嫩，今天看來仍具學理新意。也許主編也是看中這點，又來約年節特稿。這次寫得好些，但要眞論到學術價值，只能算以「詮釋學」建構的抒情美文；不過畢竟是學生時代的紀念，此次拿來作引，算是往後和張愛玲、白先生兩位「超級紅迷」結緣的文學原鄉吧！

往後專心在古典樂評耕耘了很久，把自己從「同人誌寫手」變成橫跨各大新聞媒體的眞正「樂評家」。有許多前者自以爲是後者，殊不知眞正的樂評是建立在新聞傳媒之上：沒有傳媒就沒有樂評，一場演出就是一次新聞事件——你如何將藝術美感精確地傳達給公眾？你如何就社會文化來作定位？我在台灣所有主流媒體評遍各重大演出，正因如此，往後跨行評文學時極力避免落入象牙塔的窠臼。自己寫文學評論，也知待指教處尚多，但比起部分「象牙塔」式寫法，倒是一直以閉門造車自惕。

樂評寫多了，開始在正式媒體發表音樂研究。當時《中央副刊》開闢藝文二版，郭士榛約我寫中文藝術歌。那當然是以三、四〇年代上海音樂院爲中心，加上當時亦有不少身兼藝術歌和時代曲者，就從劉雪庵、郎毓秀寫到李香蘭和歐陽飛鶯。一寫到老歌，回響就大了，接著約稿跨行寫流行樂，反應更加熱烈；這就是〈上海歌壇繁華夢〉的由來。其實惠妮休斯頓、瑪麗亞凱莉、小室哲哉的演唱會評論，之前也都寫過，但這篇是要眞正以史料來建構整個環境風貌的，現今剛好收入用來勾勒張愛玲當時身處，以及白先勇小說所追憶的文化氛圍。

那時發生某人被誤認是尹雪豔一案，和曹又方、熊旅揚等新聞前輩私下提到都笑得前仰後合。我覺得這是個好題材，又從音樂跨回文學。事隔十年，在《中央日報》再發表文學評論，雖然當初寫樂評時從未想到進軍寫作，但是兜了一圈，此時居然已經有點文名了。

寫《從金大班到尹雪豔》雖是玩笑興起，但寫時完全不敢怠慢。白先勇先生那時久居國外，而我和他毫無因緣，表面看似乎沒有包袱，但我從未據此卸責；一個後輩要表現自己的銳利，抓住前輩的小祕密小辮子，易；要展現睿智雍容，不進不躁，難。我自己就遭逢過不少野心勃勃的前者，還好我始終選擇做後者。沒想到兩年後台北文學獎向盛弘道賀時會眞的結識白先生；更想不到白先生決定回台做《青春版牡丹亭》！白先生早就看到了我那一篇，知道我的戲曲素養可以勝任《牡丹亭》研究。我們的合作證明崑曲不是老古董、是可以跨越好幾個世代的經典！工作時白先生是全然嚴肅、完全不講人情的，甚至自己哥哥逝世了都三緘其口默默辦完喪事。我們的合作開展並不順利——崑曲長年被視作冷門貨，最初甚至被副刊退稿！但《青春版牡丹亭》終於通過所有的考驗，轟動大江南北。我有幸追隨，心想這下子眞和老上海結下不解之緣了。

《聯副》的陳義芝先生邀我寫自述時很驚喜，眞的是完全料想不到，要在當時全國唯一的彩色副刊發表自傳哩！我使出渾身解數，將最擅長的華美文體營造得「步步生蓮」。

陳主編打電話過來，原來寫得太雕梁畫棟，他是替我著想，怕拉遠了和普羅大眾的距離。登文章又不是爲了徵婚，我在乎的是文學水平；如果讀者認爲這樣「高不可攀」，往後我替《聯文》將功折罪寫篇大眾化的罷！抱歉接著為著兩廳院演《女武神》又交了篇華格納女高音訪問，雖然兼顧文學性，但確實不夠「親民」。欠人家的債總是要還的，於是六月酷暑，我揮汗咬牙寫出〈尋找金庸的夢中情人〉。稿子送去當天陳大哥就打電話過來讚好，連載那一周，飄飄然像個小學生似的，那好比福至心靈，考卷發下來一看發現答案全都是你會的：怎麼做都對、老師都笑瞇瞇地讚美！生命不像在過日子，而是汩汩閃著金光。那篇近一萬字的長文後來又經《世界日報》轉載，加上網路傳播，把我的研究傳揚到全世界。

有很長一段時間，台灣文壇都籠罩在「張愛玲」的陰影之下，二〇〇二年我開始在《幼獅文藝》開闢文壇話舊，這是台灣近二十年來最早的相關專欄。當時寫到〈張愛玲與四個男人〉十分偶然，只是突發奇想將四位都認得的前輩一舉網羅；沒想到這會是一連串張愛玲文章的開始。當然後來才理解：研究老上海文化，終會研究到張愛玲身上，而我從小追根刨柢的那些老歌老電影，恰恰給予源源不絕的養分。一而再再而三，這一切終於到了《色，戒》推至最高峰！相當不同的是，〈張愛玲的電影時代〉是一向被動的我，這次自己主動想寫的；道理非常簡單——對一位慣常以「作者論」研究的人物，還原其文學著作是最基本的功課！正如同《半生緣》並非張愛玲的原創一樣；《流言》、《傳奇》只是一半的她！長久以來「半生緣式」的張愛玲研究著實「以偏概全」太久，長達八年的職業劇作生涯不應視為空白。我無法忍受「半截」的張愛玲，所以把手頭上的研究公布出來。感謝鄭堉雯主編把拙作用最美麗的版面呈現，接著感謝另一位素不相識的鄭培凱主編給收入北京出版的《色，戒的世界》！這也是台灣《色，戒》新聞戰中，唯一被對岸收入的文學作品。

沒想到會有機會寫出這麼多的張愛玲研究。再加上白先生的、老上海的，中間橫跨了十六個年頭；也因此，這並不是出自於計畫的一本書——惟其如此，裡面的資料考據更加扎實豐富——沒有任何一筆資料是爲搏出書、出名而去現學現賣的！全部都是平素再三推敲得來的心得。這些不光是史料日積月累的堆積，更是從分析推理出新的研究和考證！正如同我在《色，戒》新聞戰後記所言：我不是從聽到金庸和夏夢的風聲再去找資料，在那之前，我早已作完一道又一道的左派影史分析。而我作左派影史分析並非出於什麼特殊動機，而是要研究老電影，本來就必須把整個左、右派的資料都收集好！同樣的，我絕不光從張愛玲身上找線索，當你了解她所身處風雲時代的文學演變、海派影歌演變、在台崛起時的大環境與當時文壇脈絡，她的身影才會逐漸從整個時代背景中立體起來。

也因如此，我不得不橫跨中西。只有當我從滿屋子資料起身，我才可以肯定：老上海文化從未滅絕！光從電影來看：李麗華、夏夢、葛蘭、林翠、陳厚、雷震、姜大衛、樂蒂、喬莊、沈殿霞、鄭佩佩、李菁、王羽還有雄霸整個香港電影時代的邵氏兄弟，他們都是上海人。通過他們在電影圈，加上徐訏、張愛玲、白先勇在文學界，從上海橫跨到後上海時代，眞正超越地域、籍貫的藩籬。用張愛玲去代表老上海之所以產生扞格，因爲事實上她發揮重要影響力要遲至一九六〇年以後。這正是爲什麼把張愛玲和阮玲玉、胡蝶她們相提並論殊不恰當；她較等同於夏夢、樂蒂、陳厚、葛蘭這批人，在後上海時代茁壯、並在海外開枝散葉地延續海上的璀璨流風，直至當今產生後現代變異的王家衛、李安，甚至促生出「新復古主義」的王安憶等人。

請勿隨意「編派」我又受到現今哪位上海論述影響！因爲看過太多取樣錯誤的前例，所以我刻意排拒二手甚至三手四手的資料。當我讀過全部《良友畫報》、《電通》、《玲瓏》以及《紫羅蘭》這些刊物後決定用最笨的法子——以翔實史料建構整個文化風貌來鋪展我的寫作，再聚焦至張、白身上：探討他們的定位，以自己的推理和分析，形成眞正「原創性考證及定論」（Original Contribution），然後再導引出開放性的結尾——因爲他們兩位的影響發展仍方興未艾，眾聲喧譁遙遙不見盡頭。我覺得這才是最扎實、最沒爭議的。

我絕不以作者論替上海，或後上海時期的電影作品下定義！原因很簡單：因爲那不合乎當時業界的生態結構。同樣的，我覺得滿口阮玲玉（或加上其他「進步」影人）卻不認得夏佩珍、楊耐梅、陳玉梅、徐琴芳、丁子明、朱飛、白雲、白光、顧蘭君，就要談老上海電影是很可笑的。老上海電影就是老上海電影，它是整個城市商業通俗文化的產物；對當時社會的影響力是建立在票房上，而非其他。

我必須感謝幾位前輩：第一位是蘇雪林，我必須感謝她全面性、且品味極高的二、三〇年代文學研究，尤其是對「新感覺派」首開風氣之先的讚美。第二位是夏志清，他對張愛玲、錢鍾書的肯定已成經典。有了他們兩位在前，我等於站在巨人的肩上看世界。因爲感謝前輩，我之前早已專文肯定他們的貢獻。還有另外一位周錦，他寫文學史時取樣之豐、不因襲前人也給予我一定的啓發。

除了種樹前人，研究奧援和友朋也很重要。我很慶幸近來和「舊香居」的吳家姊弟——雅慧、梓傑酬酢往還，加上一群書友，工作變得豐富有趣，也許是這三年產量增長的原因之一。至於兩位高中同學：祖誠、卓立，一路走來二十來年，始終以同窗情誼相待——或許，這正是我迄今仍興致勃勃作爲文學世界學生的原因——我永遠懷念青青子矜的歲月，也永遠以好學不倦自許。

從以上這些林林總總數來，確實顯得五花八門。但是，五花八門原本就是任何都會文化的生態！他們都是交互影響的，你的討論若不五花八門就絕對不是全貌。

把五花八門的我變成一本書的是初先生。虧得初先生一再敦促，才認眞思索結集的可能。原本對出書這檔事看得很淡——作品既已在正式媒體發表，就算曝過光了，繼續下一段研究才是正軌；更何況架構要如何設計，也是一直傷神的課題。但我發現基於兩岸三地交流不夠，這樣一來造成重疊的研究論述，以及輾轉抄襲剽竊和後續以訛傳訛等問題。如今有個一整本集子，決定以考證及紀實爲主，推論爲輔，避免重複考證資源浪費，個人論述也儘量節省篇幅（張愛玲與台灣反共文學比較因此以圖文方式呈現），以資料彙整的角度，全面性、完整性提供給全部張迷、白迷和研究者。部分篇章的文字，或許過於華麗——

我一向認爲維繫閱讀樂趣是作者的義務，但獨創性的考證和創見是否豐富？是否有參考價值？這些都和文字華麗（非誇張）與否並不衝突；我在原創考證及論見上的努力，相信自有公評。再者從文筆精準的要求來看：若是描繪上海僅能以幾筆寫意帶過，我相信也勾勒不出那浮華世界的盛世風貌。個人多年來論述古典音樂、好萊塢黃金時代片廠經典素有定評，「璀璨華美」正是他們和上海文化共通的寫照。

全書編輯作業自去年十一月起展開，再補上兩篇及連結綴語，至二〇〇八年春節才定稿。感謝初先生指派江姊和淑清相助——她們又耗費了超過半年心神，使這部工程浩繁的鉅作能大功告成。在初先生面前，戰戰兢兢就像回到學生時代：每一步都得到老師的鼓勵、每一步都有發現新大陸的驚喜！年紀這麼大還能當老師的好學生，眞是一樁難得的福分。

INK PUBLISHING
文學叢書 214

上海神話 張愛玲與白先勇圖鑑

作　　者　符立中
總 編 輯　初安民
責任編輯　施淑清
美術編輯　黃昶憲
圖片提供　符立中
校　　對　吳美滿　施淑清　符立中

發 行 人　張書銘
出　　版　INK 印刻文學生活雜誌出版有限公司
台北縣中和市中正路 800 號 13 樓之 3
電話：02-22281626
傳真：02-22281598
e-mail: ink.book@msa.hinet.net
網　　址　舒讀網 http://www.sudu.cc

法律顧問　漢廷法律事務所
劉大正律師
總 代 理　展智文化事業股份有限公司
電話：02-22533362・22535856
傳真：02-22518350
郵政劃撥　19000691 成陽出版股份有限公司
印　　刷　海王印刷事業股份有限公司

出版日期　2009 年 1 月　初版
ISBN　978-986-6631-56-6

定價　290 元

國家圖書館出版品預行編目資料

上海神話：張愛玲與白先勇圖鑑／
符立中著；
--初版，--臺北縣中和市：INK 印刻文學，
2009.1　面；　公分（文學叢書；214）
ISBN 978-986-6631-56-6（平裝）
1.張愛玲 2.白先勇 3.學術思想 4.文本分析 5.文學評論

820.908　　97023845

NK INK INK INK INK INK IN
K INK INK INK INK INK INK
NK INK INK INK INK INK IN
K INK INK INK INK INK INK
NK INK INK INK INK INK IN
K INK INK INK INK INK INK
NK INK INK INK INK INK IN
K INK INK INK INK INK INK
NK INK INK INK INK INK IN
K INK INK INK INK INK INK
NK INK INK INK INK INK IN
K INK INK INK INK INK INK
NK INK INK INK INK INK IN
K INK INK INK INK INK INK
NK INK INK INK INK INK IN
K INK INK INK INK INK INK
NK INK INK INK INK INK IN
K INK INK INK INK INK INK
NK INK INK INK INK INK IN
K INK INK INK INK INK INK
NK INK INK INK INK INK IN
K INK INK INK INK INK INK
NK INK INK INK INK INK IN
K INK INK INK INK INK INK